U0458421

G

Mom
&
Me
&
Mom

妈妈和我和妈妈

[美] 玛雅·安吉洛 著 | 陈瑜 译

上海三联书店

译者序

一个女孩在成年之前可能遭遇的所有不堪，玛雅·安吉洛几乎都经历了。

3岁，父母离异，她和5岁的哥哥挂着名牌，坐上南下的火车，投奔住在阿肯色州乡下的祖母；

7岁，遭熟人性侵，她说出了强奸犯的名字，凶手被处死。之后五年，她闭口不言；

13岁，离开从小抚养她的祖母，回到母亲身边，难以弥合的隔膜，让她根本无法开口叫一声"妈妈"；

16 岁，对自己身体的变化产生疑惑，与同学初尝禁果，高中尚未毕业却意外怀孕，当上未婚单身妈妈；

……

一个女孩的人生有这样的开局，后面的篇章会是怎样的走向？

玛雅·安吉洛把自己活成了一个传奇，她的文学和艺术成就横跨各个领域，是美国知名度最高的非裔女性作家、当代美国黑人女诗人中最杰出的代表，同时还是歌手、演员、导演和剧作家，荣获三次格莱美奖、普利策奖提名、美国国家艺术勋章、林肯勋章。1993 年，应邀在前总统比尔·克林顿的就职典礼上朗诵诗作，轰动一时；2011 年被奥巴马总统授予"总统自由勋章"，这是美国公民获得的最高荣誉。

"如何成为今天的自己？"常常有人问玛雅·安吉洛。她写《妈妈和我和妈妈》就是来回应这个问题，为了"探究爱是如何治愈创伤，如何帮助人们成就不可实现的梦想或走出人生难以想象的低谷"。

玛雅·安吉洛说，妈妈的爱，塑造了她，培育了她，解放了她。

且慢，故事的开端似乎是另一个调性。

在阿肯色那段孤寂的岁月，兄妹俩毁了妈妈寄来的所有玩具，挖出玩偶的眼睛抛置床底，那是幼年的他们对被"遗弃"的事实摆出的最凌厉的对抗姿态。

所以，当玛雅13岁被迫回到母亲身边时，她的心里是有一座巨大冰山的，但她的母亲，那个叫薇薇安·巴克斯特的女人，用爱消融了它。

当一个重新赢得孩子爱和尊重的母亲，何尝不是在一路闯关：

她会如何向孩子解释早年抛弃他们的做法？

当读高中的女儿通知她，肚子里的孩子3个星期后就要出生，她会如何反应？

为了挣更多的钱抚养孩子，女儿要去当脱衣舞娘，她有没有一丝犹豫？

当女儿的人生陷入一次又一次困境时，身为母亲，她又是如何温暖而又坚定地站在她的身旁？

……

《妈妈和我和妈妈》是玛雅·安吉洛生前出版的

最后一本传记，写作时，她已是耄耋之年，一个历尽千帆的女儿，去书写母亲的一生。

故事结束在母亲的病榻旁，玛雅握着昏迷多日的妈妈的手说："有人告诉我，有一些人需要获得准许才能离开。我不知道你是否在等待，但是我可以说，你或许已经做了来到这里该做的一切……你是小小孩的糟糕妈妈，但作为一个年轻成年人的母亲，没有人比你更伟大。"

黎明时分，母亲走了。玛雅写道："我看着妈妈没有生命气息的身体，回想起她的激情和智慧，知道她值得拥有一个爱她的女儿和美好的回忆，是的，她拥有。"

这本书，讲了一对母女的故事，两个独立、完整、强大到堪称伟大的女人，这一世，她们是妈妈和女儿。

如果说玛雅·安吉洛是一个传奇，那么奠定她最初底色的还有一个重要人物——她的奶奶安妮·亨德森。上海三联书店在 2013 年出版了玛雅另一本传记《我知道笼中鸟为何歌唱》，详细记叙了玛雅在阿肯色州南方小镇度过的童年时光，在艰难贫苦和充满种族歧视的岁月里，奶奶用博大的爱和信仰，为她撑起了庇护的大伞。 读完《我知道笼中鸟为何歌唱》《妈妈和我和妈妈》，带给我的深思和震撼是同等强烈的。这两本书，串联起来便能勾勒出玛雅的成长历程，她为何被打到生命的谷底，依然有如此澎湃的能量去不断拓展人生的边疆，去不断创造崭新的世界。

玛雅·安吉洛如何成为她自己？她在本书序言里给出了认真的答案：是因为她深爱的祖母和她崇拜的母亲。"关于我自己，我真正想说的是我敢于去爱，"玛雅在一次接受采访时说，"爱，我指的是，一种深刻的人类精神，鼓励我们培养勇气、搭建桥梁，然后信任那些桥梁，穿越桥梁，去接触彼此。"

爱，给了每个人成为自己的可能。

《妈妈和我和妈妈》得以顺利出版，要感谢上海三联书店黄韬总编辑的信任，感谢王笑红和于霄推荐本书并在翻译过程中提供无私的帮助，感谢责任编辑的专业和用心。

有机会翻译玛雅·安吉洛的书，何其有幸！

陈　瑜
2018 年 4 月 5 日于上海

序言

常常有人问我，我何以成为今天的自己？在一个白色人种的国家里，我生来是一个黑人；在财富被无限贪慕和追逐的社会里，我是一个穷人；在只有大型船只和一些发动机被用女性代词亲切描绘的环境里，我是一个女人。我如何成为玛雅·安吉洛？

很多次，我想引用托普斯（Topsy）的话（她是《汤姆叔叔小屋》里的黑人角色）——我不由得要说："我不知道，我只是成长。"但我从未如此回复，原因有很多。首先，我读那本书时才10岁，这个无知的黑人女孩让我感到很尴尬。再者，我知道自己能成为我这样一个女人，是因为我深爱的祖母和我后来才日渐崇拜的母亲。

她们的爱塑造了我、养育了我、解放了我。从 3 岁到 13 岁，我一直和祖母住在一起。那些年，我的祖母从未亲吻过我。不过，每当她有聚会时，总会把我叫到客人跟前，轻抚着我的手臂问："你们见过比这更美的手臂吗？直得像木板，棕亮得像花生油一样。"抑或，她会给我一张便签纸和一支铅笔，在她的客人面前报给我一串数字。

"好了，妹妹，242，然后是 380、174、419，立刻加起来。"她会对来访的客人说："现在看着，她叔叔威利测过时间，她能在两分钟内完成。就等着吧。"

当我说出答案，她会骄傲得闪闪发光："看到了吗？我的小教授。"

爱能疗愈。疗愈和解放。我用"爱"这个词，不是意味着多愁善感，而是指一种状态，它是如此强大，可以把星星托举在夜空相应的位置，可以让血液在血管里顺势流淌。

写这本书是为了探究，爱是如何治愈创伤，如何帮助人们实现不可实现的梦想，或走出人生难以想象的低谷。

第一部

妈妈和我

第一章

在密苏里州圣路易斯市，20世纪的头十年，如果生来就是黑人、穷人、女人的话，那可不是什么好事。但是薇薇安·巴克斯特（Vivian Baxter）出生时就又黑又穷，父母也是。后来，她长大了，可以算美丽。作为一个成年女性，她被称作"拥有爆炸式黑发、肌肤散发着黄油色泽的女士"。

她的父亲是特立尼达人，有一口浓重的哥伦比亚口音。在佛罗里达坦帕，他从一艘香蕉船上跳了下来，一辈子没被移民局抓到。他时常大声宣称自己是

3

美国公民，满怀自豪。但没有人告诉他，仅仅想成为一名公民，并不足以让他成为一名真正的公民。

和她父亲黑巧克力的肤色不同，薇薇安的母亲肤色浅到可以被归为白人。她是八分之一黑人混血儿，意思是她有八分之一的黑人血统，头发又长又直。在厨房的餐桌边，她转着她那像绳子一样的发辫逗弄她的孩子们，然后就坐在辫子上。

虽然薇薇安母亲那边是爱尔兰人，但她是被德国养父母抚养长大的，操着一口确定无疑的德国口音。

薇薇安是巴克斯特家的第一个孩子，她的妹妹莉娅紧随其后，跟着是弟弟塔提（Tutti）、克莱德维尔（Cladwell）、汤米（Tommy）和比利（Billy）。

在他们成长的过程中，他们的父亲把"暴力"作为家教。他经常说："如果你们因为偷窃或抢劫进监狱，我会任由你们烂掉。但是，如果你们因为打架被起诉，我把你们的母亲卖掉也要保释你们出来。"

这家人开始被叫作"糟糕的巴克斯特一家"。如果有人惹怒了他们中的任何一个，他们都会跟踪这个得罪他们的家伙到他的街道或酒馆。兄弟们会（携带武器）进入酒吧，分兵把守在大门口、酒吧的尽头和厕所。克莱德维尔舅舅会抓起一把木头椅子，弄断，然后把其中的一块递给薇薇安。

他会说："薇薇安，去踢那个杂种的屁股。"

薇薇安会问："哪一个？"

然后她会拿着木头武器，去揍冒犯者。

等她的兄弟们说"够了"，巴克斯特团伙就会收敛暴行，离开现场，任由恶名远播。而在家里，他们经常津津有味地讲述他们打架的故事。

巴克斯特外婆在浸会教堂弹钢琴，她喜欢听她的孩子们唱属灵的福音歌曲，还会在便携式冰箱里装满百威和冰砖。

同样是这帮粗暴的巴克斯特男人，被他们凶残的姐姐带着，会在厨房里合唱《耶稣让我靠近十字架》。

有一股珍贵的喷泉

无偿供所有人享用，一条疗愈的溪流

从受难地的山上流淌下来

巴克斯特一家也以他们的歌唱才能为傲。汤米舅舅和塔提舅舅有贝斯嗓，克莱德维尔舅舅、艾拉和比利是男高音，薇薇安唱女低音，莉娅阿姨唱女高音，全家人说她也有甜美的颤音。许多年以后，当我爸爸老贝利带着我和哥哥小贝利，住在圣路易斯巴克斯特家时，我经常听他们唱歌。他们对于自己的大嗓门和好音准感到非常自豪。邻居们经常来拜访，参加歌曲盛宴，每个人都试图唱得最响亮。

薇薇安的父亲总是想听有关儿子们玩的那些粗暴的游戏。但是如果他们的游戏没有以斗殴或者至少是混战为结尾，他就会吹着口哨说："那是小男孩玩的游戏，不要用那些愚蠢的故事来浪费我的时间。"

然后他会对薇薇安说："宝贝儿，这些男生已经长大了，不该再玩女孩子的游戏了，别让他们长大后变成娘们。"

薇薇安很认真地听从他的指令。她向父亲许诺，她会让他们保持粗野的本性。她带弟弟们去当地的公园，让他们看她爬一棵最高的树。她挑四邻里最凶的男生打架，从来不叫她的弟弟们帮忙，也不期望他们主动投入战斗。

但当她叫她的妹妹胆小鬼时，她父亲会严厉地惩罚她。

他说："她只是一个小女孩，但你不单是一个小女孩，宝贝，你是爸爸的小女汉子。你没必要永远那么强悍，当克莱德维尔长到一定个头时，他会接替你。"

薇薇安说："如果我让他的话。"

每个人都笑了，讲述着薇薇安教兄弟们如何成为野蛮人时做的那些恶作剧。

第二章

我的母亲，一直保持着令人惊艳的美丽。在 1924 年，她遇见了我的父亲，一个帅气的士兵。贝利·约翰逊（Bailey Johnson）从一战的战场上载誉归来，带着假冒的法国口音。他们无法自抑，坠入爱河，而薇薇安的弟弟们在贝利身边绕着圈地恐吓他。他参加过战争，来自南部，在那里，一个黑人男人很早就认识到，他必须直面威胁，否则他就不是个男人。

巴克斯特兄弟不会亲近贝利·约翰逊，尤其当薇薇安告诉他们要停止作恶、挺直腰杆、正直为人之后。薇薇安的父母对于她嫁给一个从南方来的男人非常不满，因为他既不是医生，也不是律师。他说他是营养师，但巴克斯特一家人说，那意味着他就是一个黑鬼厨子。

薇薇安和贝利为了摆脱巴克斯特家的火药味，搬去了加利福尼亚，在那儿，小贝利出生了。两年后，我出生了。我父母很快就向对方证明，他们无法生活在一起。他们是火柴和汽油，甚至为该如何分手而争吵。没有人想承担照顾两个幼儿的责任。他们分开了，然后把我和贝利送去了阿肯色州的奶奶那里。

我们到达阿肯色斯坦普斯时，我三岁，贝利五岁。我们的胳膊上带着身份标签，没有成人监管。我后来得知，普尔曼式车的搬运工和餐车服务员会在北方照顾孩子下火车，然后把他们送上开往南方的火车。

###

不算上圣路易斯那次可怕的作客，我们和爸爸的妈妈——亨德森奶奶（Grandmother Henderson）和她的另一个儿子威利叔叔（Uncle Willie），一起住在斯坦普斯，直到我13岁。去圣路易斯作客的时间很短，但我在那儿被强奸了，强奸犯被处死了。我认为是自己害死了他，因为我把他的名字告诉了家里人。出于内疚，我不再和任何人说话，除了贝利。我断定我的声音太有力量，所以它会杀人，但是它不会伤害我的哥哥，因为我们彼此如此相爱。

我母亲和她的家人尝试把我从缄默状态中拉出来，但是他们不了解我认定的事实：我的声音是一台杀人机器。他们很快厌烦了这个阴郁沉默的孩子，把我们送回了阿肯色的亨德森奶奶家。在奶奶的照顾和叔叔的监护下，我们在那里过着安静平顺的日子。

我聪明的哥哥贝利14岁了，在种族隔离的南部，对一个黑人男孩来说，这是一个危险的年龄。在那个时代，如果当一个白人从城里铺设平整的街区走来，街上每一个黑鬼都不得不靠边走在排水沟上。

贝利会遵守这无声的规则，但是有时候，他会挥舞他的胳膊夸张地大声说："是的，先生，您是老板，老板。"

有些邻居在市中心看见贝利在白人面前的举止后，告诉了奶奶。

她把我们叫到跟前："小的（这是她给贝利起的小名），你去市中心现眼了？你不知道这些白人家伙会因为你戏弄他们而杀了你吗？"

"阿妈[1]，我做的一切，就是离他们正在走的街道远远的。这正是他们想要的，不是吗？"

"小的，不要跟我耍小聪明。我知道这一刻会到来，你年岁已长，不适合南部了。我只是没料到这一天来得这么快。我会写信给你的爸爸妈妈。你和玛雅，特别是你，贝利，必须回加利福尼亚，赶快。"

贝利跳了起来，亲吻奶奶。他说："我是荆棘地的兄弟兔。"

就算是奶奶，也忍不住笑了。"荆棘地的兄弟兔"是一个童话，讲的是一个农夫如何抓住偷他胡萝卜的兄弟兔。农夫威胁要杀了兔子，把它变成炖肉。

---

1 玛雅与贝利习惯称奶奶为阿妈（Mamma）。——编者注

兔子说："我罪有应得，请杀了我，只是不要把我扔到那片荆棘地。求求你了先生，怎样都可以，就是不要那样做，怎样都成。"

农夫问："你害怕荆棘地？"

兔子浑身战栗着说："是的，先生，请杀了我，吃了我，就是不要把我扔到……"

农夫抓住兔子的长耳朵，把它扔到了一堆杂草中。

兔子高兴地上蹿下跳："这就是我一直想要去的地方。"

我知道贝利想和他的母亲团圆，但是我和亨德森奶奶在一起非常舒服。我爱她，我喜欢她，我在她爱的大伞下感到很安全。我知道对贝利来说，我们不得不回加利福尼亚。他这么大的黑人男孩，只要留意了一下白人女孩，都会有被打、被伤、被 3K 党私刑处死的风险。到目前为止，他还没有提到过什么白人姑娘，但是长到成年期，看到一个漂亮的白人女孩，被她的美丽打动是在所难免的。

我说："好的，我准备好走了。"

第三章

　　奶奶找了普尔曼式车的两位搬运工和一位餐车服务员，为她自己、我哥哥和我买了票。她说，她和我会先去加利福尼亚，贝利一个月后过来。她还说，她不想把我留在没有大人监管的状态下，因为我是一个13岁的女孩。贝利和威利叔叔在一起会很安全，因为他认为自己能好好地照顾威利叔叔，但实际情况是，威利叔叔在照顾他。

　　火车抵达加利福尼亚前，我变得非常害怕，几乎没法接受这样的念头——我终于要和我的母亲见面了。

奶奶拉着我的手说："妹妹，没有什么好害怕的。她是你的母亲，就是这样。我们没有惊到她。她收到我的信，信里讲到小贝利已经长大了，她就邀请我们来加利福尼亚了。"

奶奶把我搂在臂弯里摇晃着、哼唱着。我平静了下来。我们走下火车阶梯，寻找那个可能是我母亲的人。这时，我听到奶奶的叫声，循声望去，晓得她肯定搞错了，但是这个漂亮娇小、抹着红嘴唇、踩着高跟鞋的女士朝奶奶奔来。

"安妮妈妈，安妮妈妈。"

奶奶张开双臂，拥抱这个女人。当奶奶的手臂落下时，女人问道："我的宝贝在哪里？"

她四处张望，看见了我，我真想钻到地缝里去。我不漂亮，甚至不可爱。那个看上去像电影明星的女人，值得拥有一个比我好看的女儿。我明白这个，我相信她一看到我就知道这点。

"玛雅，玛格丽特，我的宝贝。"突然，我被她的臂膀和香水裹住了。她把我推开，看着我："哦，

16

宝贝，你真漂亮，个子真高。你看上去很像我和你爸爸。我真高兴见到你。"

她吻了我，在阿肯色的那些年，我从来没有得到过亲吻。我奶奶经常会把我叫到她客人面前炫耀："这是我的孙女。"她会轻抚我，微笑着，那是最接近亲吻我的方式。现在，薇薇安·巴克斯特正在亲吻我的脸颊、我的嘴唇和我的手。因为我不知道该做什么，所以我什么都没做。

她的家，是一个大别墅，装满了笨重的家具，让我很不舒服。她带我参观一间房，说这是我的房间。我告诉她，我想和奶奶一起睡。薇薇安说："我猜你在斯坦普斯是和奶奶睡在一起的，但是她马上就要回家了，你要习惯在你自己的房间里睡觉。"

奶奶待在加利福尼亚，留意观察着我和我身边发生的一切。当确认一切都正常时，她很高兴，但我没有。她开始讨论回家的事，迫切想知道她的瘸腿儿子过得怎么样。我害怕她离开我，但她说："你现在和母亲在一起，你哥哥也马上要来了。相信我，但更要相信上帝，祂会一直守护着你。"

妈妈用留声机高声播放爵士和蓝调，奶奶对此抱之以微笑。有时，妈妈会跳舞，只是因为她想这么做，一个人，就她自己，在地板上。奶奶会接受这种如此不同的行为，而我没法习惯。

#

妈妈大约观察了我两个星期，没有多说什么。然后，我们来了一场后来变得很常见的"促膝长谈"。

她说："玛雅，你不喜欢我，因为我不像你的奶奶。对，我是不像她。但我是你妈妈，我努力工作，累断了胳膊，累断了腿，就是为了你能有个遮风挡雨的地方住。你到学校上学，老师朝你微笑，你会随之微笑，甚至那些你不认识的同学朝你微笑，你也会笑。而我是你妈妈，如果你能为陌生人在你脸上硬挤出一个笑容的话，那么朝我笑一笑吧。我向你保证，我会很感激的。"

她把手放在我的脸颊上，笑着说："来吧，我的宝贝，为妈妈笑一个。来吧，仁慈一点。"

她做了一个好笑的鬼脸，虽然有违我的意愿，但我还是笑了。她吻我的嘴唇，开始哭了："这是我第一次见你笑，一个好美的笑容，妈妈美丽的女儿会笑。"

我不习惯被称作美丽。

那一天，我明白了一件事：我只要通过给另一个人笑脸就可以成为一位给予者。而随后的几年教会我，一句温暖的话或是一张支持的选票，都能成为一件慈善的礼物。我可以挪到一边，让出地方给另一个人坐。如果我的音乐让人愉悦，我就把音量放大；如果它令人厌烦，我就把音量调低。

我可能永远不会被人看作慈善家，但是我确实期望人们认为我是仁慈的。

# # #

我开始喜欢她。我喜欢听她的笑声，因为我注意到她从不嘲笑任何人。几个星期后，我跟她说话时，显然不需要任何头衔了。事实上，我很少开启对话。

大部分谈话时，我只是简单回应。

她叫我去她的房间。她坐在自己的床上，但没有邀请我坐。

"玛雅，我是你的妈妈。尽管我离开了你几年，但我是你的妈妈。你知道的，不是吗？"

我说："是的，夫人。"自从我来到加利福尼亚，我一直用几个字简短地回答她。

"你不用对我说夫人，你不在阿肯色。"

"不，夫人。我的意思是不。"

"你不愿叫我妈妈，是吗？"

我保持沉默。

"你不得不叫我个什么。我们不能这样过一辈子，你对我没个称呼。你愿意叫我什么？"

我从第一次见她，就一直在想这个问题。我说："女士。"

"什么？"

"女士。"

"为什么？"

"因为你很美，看上去不像一个妈妈。"

“女士是你喜欢的人吗？”

我没有回答。

“女士是你可能学着去喜欢的人吗？”

我在思考的时候，她等着。

我说：“是的。”

“好吧，就这个。我是女士，同时仍旧是你的妈妈。”

“是的，夫人。我的意思是，是的。”

“合适的时间，我会介绍我的新名字。”

她离开了我，打开播放机，和着音乐高声唱着。第二天，我意识到她一定跟奶奶聊过了。

奶奶走进我的卧室：“妹妹，她是你的妈妈，她在照顾你。”

我说：“我会等到贝利来这儿。他会知道该做些什么，知道我们是不是应该叫她女士。”

第四章

　　妈妈、奶奶和我等在火车站。贝利从火车上下来后，先看到了我。他满脸的笑意，让我忘记了到加利福尼亚以来感受到的所有不快。

　　接着他发现了奶奶，咧嘴笑着，向她招手。随后，他看见了妈妈，他的反应让我心碎——突然，他成了一个走失后终于被找回的小男孩。他看见了他的母亲、他的家，他所有孤独的生日一去不回了，可怖的东西在床底下发出噪声的那些夜晚被抛到脑后了。他走向她，就像被催眠了。她张开双臂，把他揽进怀抱。我感觉仿佛窒息了，我的哥哥不见了，永远不会再回来了。

他已经忘记了一切，但我还记得当她偶尔给我们寄玩具时，我们是怎样的感受。我把每个娃娃的眼珠挖出来，贝利拿大石头把那些包裹在昂贵包装纸里的卡车和火车砸得粉碎。

奶奶搂着我，我们走在他们前面，回到轿车边。她打开车门，坐在后座看着我，拍着她边上的座位。我们留着前排的座位给那对相爱的新人。

计划是这样的，贝利抵达两天后，奶奶就返回阿肯色。女士和小贝利还没走到车前，我跟奶奶说："我想和你一起回去，阿妈。"

她问："为什么？"

我说："我不想让你独自一人坐火车，你会需要我。"

"你什么时候做的这个决定？"我不想回答。

她说："你看到你哥哥和妈妈团聚的时候？"对于这样一位年老的农妇，我觉得她会有这样的理解真的很令人惊奇。我还是没有回答，因为贝利和他妈妈已经走到车边了。

薇薇安对奶奶说："安妮妈妈，我没有找你们俩，我知道你们会来车里。"贝利没有转过头看我，他的眼睛黏在他妈妈的脸上。"关于您，有一点不能否认，您真是一个通情达理的女人。"

奶奶说："谢谢你，薇薇安。小贝利？"

她不得不喊两次才引起他的注意。"小的，坐火车怎么样？有人给你做吃的带在路上吗？你怎么跟威利分手的？"

突然，他记起来这个世界上还有其他人存在。他对奶奶咧嘴笑着说："是的，夫人，但是没有人厨艺像您这么好。"

他转向我："亲爱的，发生什么事了？加利福尼亚夺走了你的舌头？我上车后，你一个字都没说。"

我用尽可能冰冷的声音说："你没给我任何机会。"

他马上说："怎么了？亲爱的。"

我伤到他了，我很高兴。我说："我会和阿妈一起回斯坦普斯。"我想让他心碎。

"不，你不会回去。"奶奶的声音异乎寻常地坚定。

　　妈妈问："你为什么现在要离开？你说过，你等的就是你哥哥。好了，现在他在这儿了。"车子发动了，接着汇入车流。

　　贝利转回去对着她，补充道："是的，我在加利福尼亚了。"

　　奶奶握着我的手，拍着。我紧咬双唇，不让自己哭出来。

　　一路上没有人说话，直到我们到家。贝利把他的手搁在前排座椅的后背上，当他摆动手指的时候，我抓住了它们。他挣脱了我的手指，把手放回了前座。这个交流没有逃脱奶奶的视线，但是她什么都没说。

第五章

当我们进屋时，妈妈说："玛雅，带你哥哥去看看他的房间，帮他把衣服挂好。"她没有必要告诉我该为哥哥做什么。我开始上楼了。

奶奶说："妹妹，你妈妈跟你说话。"

我嘟囔着："是的，夫人。"

贝利的房间给他留下了深刻印象，他坐在床上，问道："说吧，怎么了？你为何这么不开心？"

我没有理由试图对他撒谎："好吧，我不喜欢她。我不明白她为什么要把我们送走。"

"你问过她吗？"

我说："当然没有。"

贝利，带着他一贯的犀利，说："唯一要做的事情，就是问她。"

"她可能会让我们为她感到难过。"

"也许。但我认为她很坚强。我们一起下楼去问她。"

我退缩了，害怕去面对她。但是贝利从来没有给过我错误的指导。他说："来吧，亲爱的。"一眨眼，他在边门外了，所以，我只好跟上。

"妈妈？"他已经叫她妈妈了。

她从门里出来："什么事？"

"亲爱的玛雅和我有一个问题，我们必须要问你。如果你不想回答，你可以不回答。"

她说："我知道我确实不得不做的只有两件事，当一个黑人，还有死去。好吧，你们的问题是？"

"为什么你要把我们送走？为什么你不来接我们？"

她说："坐下，孩子们。"

贝利拖了一把椅子给我，我们俩都坐下来。

"你们的爸爸和我几乎刚一结婚，就开始不喜欢对方了。等你们两个都出生后，我们不得不开始考虑，该拿你们怎么办。我们努力了将近一年，但是，我们意识到没有什么可以让我们俩待在一起。我们像野兽一样争斗。他的妈妈写信给我们，说把孩子送去她那里。当我们收到她的信后，出了门，这一年中头一次，我们拥有了一个没有咒骂对方、没有从餐厅摔门而去的夜晚。"

她开始笑起来："我想念你们，但是我知道你们待在对你们来说最好的地方。我会成为一个可怕的妈妈，我没有耐心。玛雅，在你大约两岁的时候，有一次你问我要什么东西，我正忙着说话，所以你打了我的手，我想都没想就一巴掌把你打下门廊。但这不代表我不爱你们，这只是意味着我还没有做好当一个母亲的准备。我正在向你们解释，但不是道歉。如果我把你们留在身边，我们都会非常难过。"

第六章

我们到了加利福尼亚的几天后，薇薇安·巴克斯特对我和贝利说："请坐，我有事要说。"贝利看着我，朝我使眼色，我们俩都坐在沙发上。她坐在一把舒适的椅子上，说巴克斯特是她未婚时的姓，她和我们的父亲结婚后就成了约翰逊。然后，他们离婚了。几年之前，她遇见了克莱德尔·杰克逊（Clidell Jackson），他们彼此相爱，所以结婚了。克莱德尔在出差，但是不久就要回来了。她说，他是一个非常棒的男人，她知道我们会相处得很好，并且爱上对方。

当贝利和我单独两个人时，我们谈论了我们的新继父。贝利建议我，在我们见到他之前，不要下任何判断。我同意了。

一天早上，妈妈走来走去，把一只玻璃杯从这里拿起来，又放到那里去，在桌上放一个盘子，然后又换掉。贝利说，我们的继父马上就要回来了。像平时一样，他是对的。

妈妈叫我穿得漂亮点，准备见我们的新父亲。我们等在客厅里，满怀好奇。

我们听到开门声，站了起来。

妈妈把我们介绍给克莱德尔·杰克逊。他是一个奇人，长相相当好看，身材高大，小腹微凸。他穿着定制的三件套西服，让他看上去像一名律师或是银行家。他领带上戴着一个黄色钻石别针，衬衫领子和袖口都被浆过。

当贝利和我跟他握手时，他说："很高兴见到你们。我知道你们的年龄，当我15岁的时候，我认为自己知道一切。当我越长越大时，不得不承认，我什么都不懂，或说所知甚少。我相信，你们知道一切，但是仍有一些事情我可以教你们，我会玩我听说过的每一种纸牌游戏和博彩游戏。我想让你们明白，如果不努力，你们会一无所有。如果你们认为自己可以不劳而获，那唯一的可能就是你们会被利用。如果你们叫我克莱德尔爸爸，我会很开心。我非常爱你们的母亲，我会永远照顾你们三个。"

薇薇安·巴克斯特亲了我们俩，说："现在你们可以上楼了。"

在我房门外的楼梯平台上，贝利说："我喜欢他。"

我说："我不了解他。"

他说："相信我，他是好人。他不会试图对你做不好的事情，而且，他真的爱我们的妈妈。"

第七章

奶奶回斯坦普斯的时间到了，我的心狂跳不已，觉得自己会爆炸。我和她在一起这么久，我没法想象太阳升起的时候，奶奶不在身边，没把凡士林涂在我的手臂上、为我梳头。但是，我们还是到了火车站，女士、贝利和我。我们在站台上抱着奶奶，贝利提着她的行李箱送她上火车。透过窗，我看到他向她弯腰鞠躬，这时车轮开始慢慢地转动起来。我冲向车门，大叫："贝利，火车开动了。"

我冲向火车阶梯，妈妈抓住我外套的袖子喊：

"下车，立刻。"这时贝利来到门口，轻松地从火车阶梯跳到站台上。

他咧嘴笑："我在这儿。"他转身朝向火车，这时车子加速了，他挥着手。

"再见，阿妈。旅途愉快。"他转过来获得母亲的赞许——她笑了。

他抓着我的手："来吧，亲爱的。我们正在家附近，不是吗？"

我说："是的。"

他说："我们到家见，妈妈。我们俩去走走，家里见。"

她说："好的。"

他真的叫她妈妈，但是他在和我一起走回家。我已经习惯做任何贝利希望我做的事情，我知道她不得不适应贝利的这种方式。

他开始跑起来，我跟着他。我很高兴我有一个哥哥和一个我开始喜欢的女人，可能甚至是爱上了。也许生活到最终总是会好起来的。

妈妈把我们叫出房间，我们坐在楼上的厨房里。

我开始明白无论何时她有重要的事情要说，她都会叫我们坐下，然后说："我有事要说。"后来背着她，贝利会模仿她："坐下，我有事要说。"

她总是有事要说。她从楼下的冰箱取了软饮带上来，叫我装两杯冰块，让贝利去楼下告诉福德爸爸（Papa Ford）她想喝一杯，让贝利带给她。

福德爸爸是管家和厨师，和我们住在一起。

她把我们的杯子装满可乐，但没有跟我说话。这时，贝利回来了，带着她的威士忌加冰块。她轻敲我们的杯子说："现在，说'干杯'。"我们照做了。

然后她坐下道："克莱德尔·杰克逊来自得克萨斯州斯雷顿市，他在学校读到小学三年级，会读会写——虽然只是很简单的，但他被认为是西海岸最棒的赌神之一。还有，他从不耍老千，从不允许一个骗子出现在他的任何一间赌室。他是一个和善的人，是一个我非常敬佩、也希望他出现在我孩子周围的人。

"记住这个，你们的名声是你们拥有的最重要的东西，不是衣服，不是钱，也不是你们可能驾驶的豪车。如果你们有好名声，你们会获得世界上你们想要的一切。我知道亨德森奶奶告诉过你们——可能和我的说法不一样，但是我确信，当你们同我和克莱德尔爸爸住在这儿时，你们会明白，我们不撒谎，不骗人，我们常常开怀大笑，先笑自己，再笑对方。

"福德爸爸会打扫房间、做饭、把衣服送去洗衣房和洗衣工那里。而你们要打扫你们自己的房间，要尊重他。他是一个工人，不是奴隶。"

我喜欢她。

克莱德尔爸爸、福德爸爸、贝利和我站在厨房餐桌边上，等着妈妈。这时她走到门口道："各位，请移步到餐厅。"贝利和我互相看了看，摸不着头脑。我们只在周日或者有客人的时候才坐在餐厅用餐。

"进来，我有事要说。"

克莱德尔爸爸坐了下来，其余人坐在我们各自的位子上，像往常一样固定。

做餐前祷告前，妈妈把手搁在一边。

"不，不是那个。"她说，"我知道玛雅不想叫我妈妈，她给我起了另一个名字，看上去好像我不符合她对一个母亲的想象。"每个人都不满地看着我，甚至贝利也是。"她想称呼我'女士',"她停了一会儿，"我喜欢这个名字。她说我美丽善良，所以我代表着真正的女士。从现在开始，小贝利，你可以叫我'女士'。事实上，我要对大家自我介绍说我是'杰克逊女士'。你们所有人都可以随意地叫我'女士'，每个人都有权被叫作任何他想被叫作的名字，我想被叫作'女士'。"

贝利插话："那我想让大家叫我'贝利'。我讨厌'小的'，我不是一个小男孩。"

几秒钟的安静。

"那大家就这么叫你。克莱德尔，你呢？"

"我要成为克莱德尔爸爸。"

福德爸爸说："我要大家继续称呼我福德爸爸。说完了，我能招呼大家去厨房的餐桌用餐吗？那个准备好被叫作晚餐了。"

我对"女士"笑了笑。她用优雅的方式向全家介绍了她的新名字，很难拒绝她。

第八章

我抓起电话，听到女士说："嗨，宝贝，我把自己保释出来了。"

我不知道那是什么意思，但是听上去是一件好事，所以我说："我很高兴。"她要和我爸爸说话，于是我把电话给了他。

两个月后，我明白了词汇"自己保释"是什么意思——她被捕了，没有交保释金就被释放了。

几个星期后的一个星期天上午，她又被捕了，不得不交保释金才能出狱。原因是她不太熟的一个女人和她一起去了教堂。之后，她们去了一家超市。妈妈挑了一些她想要的，她的朋友也选了一些东西，付款后她们坐在超市外面等她们的车。这时这个女人解开她的夹克，给我母亲看她偷的两磅罐装咖啡。我妈妈说："你真愚蠢，把它还回去。"

那个女的说："我已经偷了，如果你想要，可以分一半。"

妈妈说："把它还回去，否则要你好看。"

女人说："你在开玩笑吗？"

妈妈打了她，后来警察来了，她们两个都被抓去了监狱。但她没有给我打电话，而是打给了博伊德·普西纳利（Boyd Pucinelli），一个保释金担保人，也是她的一个朋友。

当她回家后，我说："我很难过，你没能把自己保释出来，而且不得不付了保释金。"

她说："那没什么。我不喜欢去监狱，是因为占了我的时间，但这吓不倒我。监狱是为人造的，又不是给马造的。但如果我要进监狱是因为偷了恶心的咖啡罐头，我就下地狱。"

# # #

薇薇安把贝利和我相当顺利地编织进了她大城市
的生活方式里，贝利比我更加乐意融入妈妈的生活。
总体上来说，他崇拜我们的母亲，欢笑、打趣，和她
在一起显得很快乐。然而，偶尔，当他记起在阿肯色
的那些孤独夜晚时，他的愤怒就会跑出来。

他会怒气冲冲地大叫，摔门走出房间。他从来不
会走太远，因为知道薇薇安会把迈过礼数边界的他抓
回来——谦恭有礼是她施加的影响。有时，他就是要
让她知道，他没有忘记被遗弃的经历。

# # #

我快 14 岁了，同我母亲和继父生活了几个月。
她发现我不轻易撒谎，这不是因为我非常有正义感，
只是因为我太骄傲了，不能接受谎言被识破而被迫道
歉。女士也不撒谎，但她解释说，她不撒谎是因为她

太刻薄才不这么做。

她敬佩我不惜任何代价都要说实话的决心。她给了我一把她钱柜的钥匙，里面有她放的几千美金和几箱酒。那时正值第二次世界大战，威士忌不仅稀缺昂贵，而且是定量配给供应的。她总是把好多酒和钱一起放在柜子里。

一天早上，我同妈妈和在她赌场工作的五六个女人一起坐在厨房里。

妈妈对她的伙伴们说："酒从我的保险柜里逃跑了，只有福德爸爸和玛雅有钥匙，除了他们两个，还有我和克莱德尔爸爸有。"

她看着我，说："那么，宝贝，你喝过威士忌吗？"我说："不，我没有。"

她说："好吧。"随后，她继续闲聊。我起身，她说："好的，亲爱的，那就继续这样吧，我相信你。你说你对威士忌一无所知。"

我说："等等，我没有说对它一无所知，我是说我没有喝过。"

她说："哦，坐下。"于是我又坐下了。她道：

"那么是怎么回事？"

我说："星期天，我带过一些去新福尔默剧院的电影放映室。"

她说："你这话是什么意思？"

我说："逢到星期天，我会在一个瓦罐里倒一些酒，带着去电影院。"

"你带着它干什么？"

我说："我把它带给一些孩子，我希望他们喜欢我。"

"你把我的酒带出我家，带着去电影院，把它给未成年孩子喝？你知道这有多愚蠢吗？你知道我花了多少钱吗？你明白我会因为这个蹲监狱吗？"

她在那些女人面前让我难堪。

我说："女士，请不要为这事小题大做。瓶子里只装了16口，每口值1.25美金。"

她越过桌子想要扇我耳光，但是她的手臂太短了。如果她成功了，那么这会是我一生中被她打的三次中的一次。我站了起来，无法相信她会在那些女人面前掌掴我。

"你，你知道那有多蠢吗？"

我嘟囔着上楼回到房间，坐在床上，想现在我该做什么？我错了，我偷了她的威士忌，在那些只比我大一点的人面前让她下不来台。我等妈妈上楼来，但是她没有。

当贝利回家时，我把他叫到我的房间，告诉他我说了什么、做了什么。贝利，我的哥哥，我的心脏，我的国王说："你真蠢。"这让我落泪了。他说："你知道这首先是违法的吗？她会因为你把酒给未成年人被关监狱。还花了妈妈好多钱，这真的太蠢了。"然后他出去了。

于是，这次，我真的痛哭了。冷静下来后，我下定决心，这次轮到我向薇薇安道歉了。

我收拾了下自己，然后等着，等听到所有其他人都离开了。我敲响了她卧室的门，她说："进来。"

我走进去，道："我想和你谈一下。"但她冷若冰霜。

她说："你想谈什么？"

我说："我错了，我请求你的原谅，我再也不会做那样的事情了。我事先没有用脑子，我请求你的原谅。"她软下来，就像一块冰块在烈焰上的平底锅里融化一般。

她说："我接受你的道歉。"

她拥抱了我。我不记得我们是否曾经再提过这件事，我几乎已经忘记了。这次我提起这个故事，是因为会有一些时候，没有人是对的。有时在家庭和孩子中，没有人会承认没有人是正确的，也许同时，也没有人是错误的。但是，在这个事件中，我错了，我感谢薇薇安足够宽容，接受了我的歉意。

第九章

　　哥哥和我对父亲没有任何概念，但是妈妈认为至少他应该认识他的孩子们。她安排我们分别去圣地亚哥拜访他。小贝利先出发。我们返回加利福尼亚之后的第二个夏天，他南下去见爸爸。当他回来的时候，妈妈问他这次作客有多开心，他做了一个漂亮的鬼脸。

　　他说："房子很干净，贝利爸爸烧得一手好菜。他和他太太喜欢古典音乐，会在他们庞大的乐器上，响亮地弹奏巴赫和贝多芬。"

当我们单独在一起时，他对我说："好了，我去过了，我再也不会去了。"

我不得不接着去拜访我父亲，计划待三个星期。关于我和我的年龄，父亲对他年轻的太太洛丽塔（Loretta）撒谎了，关于贝利的年龄，他也说了假话，但至少贝利不高，有魅力，俘获了她。

洛丽塔和我约定，我们佩戴红色康乃馨来辨识对方。她在火车站见到了我。

我先看到了她，真想退回去，希望自己没有来。她像妈妈一样娇小，但只有她一半的岁数。她穿着棕色和白色相间的泡泡纱，脚蹬同色的船型中高跟鞋，拎着相配的小提包。她看见了我，看了一眼康乃馨，又看了一眼，流露出全然不能确信的表情。我走向她，于是她不得不承认她的眼睛没有捉弄她。我真的是贝利·约翰逊的女儿，虽然我尺码大、身材干瘪，但是根据关系来说，我也是她的女儿。

我说："您好，约翰逊太太，我是玛雅，您丈夫的女儿。贝利·约翰逊是我的父亲。我应该怎么称呼您？"我是她两倍的大小，我的声音听上去像个成年人。

她震惊得呆住了，父亲的名字把她唤醒了。我可以听见她头脑中的锁砰地锁上，她永远不会接受我作为一个她亲近的人。

我的继母载着我开往一间漂亮的小平房。一路上她没有开启任何话头，而我问她的每个问题，她都用简单的是或不是来回答。

我们进了她的房子，老贝利填满了这个小客厅。而他的妻子坐在沙发上，仍旧被沉默包裹着。

父亲对我说："好啦，你是玛格丽特，你看上去像你母亲。来这儿一路上都好吗？看看你，简直和我一样高了。"他妻子抬头看着他，仍没有说话。我没有被赞美的感觉，他关于我身高的评述，让我觉得他希望我为这个道歉。

在加利福尼亚州接下来的夏日三周，贝利·约翰逊全家的关系并没有得到改善。

每天早上，我父亲和洛丽塔同时去上班，他们都没什么可跟我说的。于是我找到了最近的图书馆，自从近来发现了托马斯·沃尔夫（Thomas Wolf），我就读了《你回不得家了》（*You Can't Go Home Again*）和《天使，望故乡》（*Look Homeward, Angel*）。

我小心地保管着妈妈给我度假的钱。圣地亚哥动物园的门票很便宜，而午场电影的票价还能接受。

我对于我的继母所知甚少，只知道她从一家备受尊敬、历史悠久的黑人大学毕业，我父亲是海军基地的营养师，他带回来成包的薄片火腿、火鸡和大腊肠，这些肉看上去不像是从超市买来的。我不愿认为我父亲从工作岗位上偷食物回来，但看上去就是这样。

我给妈妈打了两次电话，也告诉了她所有的一切。她不太听得清我电话里的声音，以至于问我在讲什么。

漫长而又酷热恼人的圣地亚哥夏天快要结束了，我迫不及待地要离开我父亲僵硬呆板、不甚友善的房子。我想要回家和妈妈在一起，她的房间充满了欢笑和大音量的爵士乐。

在南加州的最后一个星期，我父亲宣布说，他计划带我去墨西哥。而洛丽塔和我态度一致——她不想让他带我去，我也不想去。

但我父亲还是开车带我去了提华纳30英里外的一个小村庄，把车停在一家小酒吧门口。我知道他说西班牙语，但让我吃惊的是，他竟说得那么流利。虽然我学了两年西班牙语，但还是有点嫉妒他说得比我好很多。他走进小酒吧，让我留在车里。过了一会我决定走进酒吧，叫他带我回家，而在我动身之前，他回来了，带着一个女人，跟着两个孩子，看上去像是我和我哥哥。他们笑着用西班牙语问候我，父亲则一把将孩子们抱在怀里。

他叫我跟他和那家墨西哥人一起去了酒吧。他坐在一个小隔间里跟那个女人聊天，直到喝得烂醉如泥。这时天黑了，我变得很不舒服。

孩子们的母亲把他们送走后，我请她帮我把父亲扶到车里。我打开车后门，在她的帮助下，把他推到车后座上。他跌跌撞撞地进去，立刻睡着了。

我坐上驾驶座，谢过那个女人。尽管我从没拿到过驾照，但是我观察过别人换挡。于是我把脚放在离合器上，换挡，车子上下颠簸，往前开动。我知道我的脚绝不能马上从离合器上离开，而是要慢慢放下。我开起车来。

有时，车子几乎要熄火了，我会等一下，然后很快地把脚放在离合器上，慢慢地把另一只脚放在油门上，再迅速地抬起离合器，迅速。这条路绕山蜿蜒，我不知道如果另一辆车朝我开来，我该怎么做。但没车过来，我终于开下了山，回到了边境。

一个之前见过我和我父亲开车通过的边境警卫，吹着口哨轻佻地走过来，他朝车里看来，还用西班牙语问我："他醉了，哈？"我不知道"喝醉"用西班牙语怎么说，但我从他露齿而笑的表情中读出他明白这个情况。

我说："是的，他总是这样。"

我又开动了车，事实上我没有真正停过车，因为我不知道我是不是还能再次启动。我从边境直接开回爸爸家，然后下了车。他的妻子十分生气。

我父亲此时已酒醒到能够摇晃着进屋，他从她面前走过，进了卧室。

她把对他的怒火转向了我："你把你父亲弄醉了。你太愚蠢了，你们俩都太蠢了。"

然后她补充道："你是个讨厌的东西。"

既然她如此粗鲁，于是我说："好吧，我明天就回我妈妈那儿。"

她突然怒气冲天："你现在就可以回她那儿。她是个婊子。"

我猛地扑向她："你不能那样说我母亲。"不想她手里有把缝纫剪刀，刺伤了我。

她给我一条毛巾包住了腰，然后叫醒我父亲。他喝高了不好受，且浑身散发着恶臭，笨手笨脚地把我带去一个朋友家，在那儿他们用创可贴裹住伤口。

我父亲把我留在了那儿，经过一段简短艰涩的对话后，他朋友去睡觉了。而我一整晚没睡。第二天早上，我父亲来看我，这时他朋友去上班了。他说的全部意思就是："不用担心任何事，我不会让洛丽塔再伤到你了。"他笑着，仿佛这个事件微不足道。可我不喜欢他抱我的方式和他说的话："你不必回家了，我会照顾你。"他走了，但我从他的话里没有得到安慰，我知道他不会用我希望的方式照顾我。

我为自己做了一份大大的三明治，然后离开。我仍拿着我父亲家的钥匙，我知道他和他的妻子正在工作。于是，我走进房子，收了一些衣服，放进一只旅行箱。我没有仔细挑选衣服，因为我想离开他们家，能多快就多快。

我把他们的钥匙留在过道的桌子上，把门在我身后重重关上。我去了公交车终点站，把旅行箱放进一个储物柜，随后走上阳光照耀的圣地亚哥街道。我很兴奋，没有一丝害怕——这证明我还是太年轻，不理解自己正身处困境。

我走在街道上，直到发现一个老旧的堆放破烂的院子。穿过院子，我发现了一辆整洁干净的破车，我想这会是一个睡觉的好地方。我手头还有一点妈妈留给我的钱，于是去看了午场电影。

天开始擦黑，我回到那辆破车。这次我发现了一辆更好、更干净的车。我刚睡着，就有噪音把我吵醒。我坐起来，从窗户看出去，大概有 15 个小孩子包围着车子。他们问："你是谁？你要去哪儿？你干什么？为什么在这儿？"

我把车窗摇下来，告诉他们，我没有家，我要在这车里睡觉。

他们说："我们都睡在这里。"他们中有白人、黑人，也有人说西班牙语，都是孩子。因为不同的原因，他们也没有地方睡觉。他们允许我加入他们。

我和一个名叫碧伊的女孩成了朋友，这是我第一个白人朋友。她像我一样，只有17岁，但比我大一点，聪明很多。这些孩子都在一起工作，女孩子去找可口可乐、七喜、荣冠可乐瓶子，卖到废品回收站。男生们修整草坪，替人跑差。有一家烘焙店，那儿的一个黑人看门人会给我们一个手提袋，里面装满碎碎的曲奇和不太新鲜的蛋卷。我们从超市买来牛奶，然后一起吃，一起享受，我觉得这是一种很棒的生活方式。我从汽车站储物柜取回我的包，和其他姑娘一同在洗衣垫上洗衣服。我想待在那儿，直到我的伤口痊愈，因为如果我的妈妈看到我被弄伤了，她一定会让某人付出代价。

我痊愈后，打电话给她，说我做好了回家的准备。我告诉她，她可以把车票寄到火车站，我会去拿并且坐火车回家。而她真的这样做了，我在维尔考尔（Will Call）拿到票。那个可怕又古怪的夏天，由此告终。

第十章

在我终于抵达了旧金山后，妈妈说："你知道这
学期你赶不上了，不过之前你已早学了一个半学期，
所以如果你这学期不想去学校，也可以不去，但是你
必须去找一份工作。"

我说："我要去找份工作。"

"你想做什么？"

我说："我想做有轨电车的售票员。"我看到过
在有轨电车上工作的女性，带着零钱腰包，戴着帽
子，合身的制服上有围兜——但我没有考虑到所有的

女售票员都是白人，我只是告诉我母亲，我想成为一位售票员。

她说："那么继续，去申请这份工作。"

我去了公司办公室，然而，甚至没有人给我一张申请表格。回到家，我把这事告诉了妈妈，她问我："为什么？你知道他们为什么不给你？"

我说："是的，因为我是一个黑人。"

她问我："但你还是想要这份工作？"

我说："是的。"

她说："得到它。你知道如何在餐厅里点好吃的食物吧，我会给你餐费。你在秘书到之前去办公室。当他们进来时，你就进去坐下，拿着你又大又厚的俄国书。"当时我正在读托尔斯泰和陀思妥耶夫斯基。

"然后当他们去吃午餐，你也去吃，但你让他们先去。你给自己点一份可口的快餐，在秘书返回之前回去。"

我就照着做了。

那是我所记得的经历中最可恶、最可怕、最棘手的一次。我认识一些在乔治·华盛顿高中读书的女生，我帮助她们其中几个做过作业。她们毕业了，在我坐着的办公室上班。她们从我面前一笑而过、做鬼脸、撇嘴、嘲笑我的外表和头发。她们悄声说脏话，充满种族蔑视。

第三天，我想待在家里，但是我无法面对薇薇安·巴克斯特，我不能告诉她，我没有她想象的那么坚强。

两个星期下来，我毫无进展，直到一个从没见过的男人邀请我去他的办公室。他问："你为什么想要在铁路公司谋一份工作？"

我说："因为我喜欢制服，我喜欢人。"

他说："你有什么经验？"

我不得不说谎："我在阿肯色州斯坦普斯，为安妮·亨德森太太开车。"事实上我奶奶甚至没有坐过车，更不要说有一个为她服务的私人司机了。

但是，最终我得到了这份工作，报纸上报道："玛雅·约翰逊是在铁路系统工作的第一位美国黑人。"

不幸的是，后来有一个男人去报社的办公室，说我不是第一个在那儿工作的黑人，他在那儿工作了20年。他在那儿一直冒充白人，后来被解雇了，公司解释说，他被解雇是因为他在最初的申请表中撒谎了。

我得到了这份工作和一个严酷的分时排班。我早晨4点到8点工作，下个班头是下午1点到5点。我知道有轨电车车库就在海滩附近，所以我需要找到一条路，能够在早上4点前到那儿。

妈妈说："不用担心，我会送你去。"

第一天，我的制服拿回来了，非常合身，我感觉自己像个女人。妈妈为我放好了洗澡水后，叫醒我，还夸我穿制服真好看。我们上了她的车，开往海滩。我谢谢她说："回家吧，好好照顾自己。"她说："我要好好照顾我们两个人。"第一次，我在座椅上看到了手枪。她说，她会跟着我上班的车，直到第一个红绿灯，那时，她会按响车喇叭，给我一个飞吻，然后改道开回家。

我在有轨电车工作的这几个月，妈妈每天的例行安排从没改变。等返校的时间到了，我辞去了工作，妈妈叫我和她在厨房喝一杯咖啡。

她说："好啦，你得到了一份工作，我也得到了一份。你是售票员，我是你每天黎明前的保安。你从这段经历中学到了什么？"

我说："我了解到你很可能是我拥有的最好的保护者。"

她问："从你自己身上学到什么？"

我说："我认识到我不害怕工作，就这些了。"

她说："不，你懂得了你拥有力量，力量和信念。我爱你，我为你自豪。有了这两点，你可以去任何地方，每一个地方。"

第十一章

15 岁时，只要和贝利在一起，我就获准可以在外面待到晚上 11 点。妈妈知道他不仅会告诉我该做什么，他还会告诉其他人，他们和我一起时可以做什么、不可以做什么。

在布克·T. 华盛顿中心，十来岁的青少年是闲不住的。一天晚上，主管不准我们举办舞会，因为前一天晚上有人举办过了，而我们每周只被允许跳一次舞。

"我们一起去教会区吃墨西哥粽子吧。"一声呼喊冲破我们的头顶。

另一个人大喊："我们去教会区，让几十个玉米薄饼卷和墨西哥粽子获得自由吧。"齐声高呼，一致通过，我被席卷而走。我们到了菲尔默尔区的郊区后，我才意识到贝利不见了。那天晚上，他没有跟我去布克·T. 华盛顿中心。

　　我知道我该做什么，但是我没法让自己说出我要走，要回家了。我们乘坐有轨电车去墨西哥人聚居区。香味从酒吧里飘送出来，墨西哥流浪乐队的音乐在召唤着我们。我们在大街上跳舞，男孩女孩互相调情，然后点了更多的玉米薄饼卷和墨西哥粽子。我们都能说一点点西班牙语，而我们表现得很会说的样子。这时有人宣布，一点钟了。

　　迟得离谱了，这让我哑口无言。我听到我的声音在说："我要回家了。"

　　惊慌声加入到我的声音里。

　　"天哪，怎么会这么晚了？"

　　"我要被杀死了。"

　　"天哪，这次我能编什么谎啊？"

　　我们数了数钱，但我们没有足够的钱买电车票让每个人都能平安到家。于是我同另外两个女生和一个男生一起，从教会区走回菲尔默尔区。

这是一场长途跋涉，虽然出发时我们怕得发抖，但快到家时，我们变得快乐起来。我们确实开始看到了自己处境的荒谬——我们陷入了玉米薄饼卷和墨西哥粽子带来的麻烦中，其实我们不需要它们。这事儿让我们觉得好笑。玉米薄饼卷和墨西哥粽子，导致我们破坏了规则。

离开朋友后，我用最快的速度走过一个街区回到家。我仍然沉浸在欢乐的情绪中，所以我一步跨上了两级大理石台阶，来到法式门前。当我把钥匙插入锁孔推门时，门被巨大的力量反推回来。

我母亲跨出来站在楼梯平台上，她拳头里握着一串钥匙，边骂"该死"，边给了我一耳光。

当我尖叫时，她抓住我的外套，把我拉进了房子。她大喊大叫地咒骂着，不仅对着我，也对着墙、对着窗户。

"你到底去哪里了？就算是妓女也在床上了。可我 15 岁的女儿正在街上漫游。"

鲜血滑进我的嘴里,我尝了尝味道。妈妈继续咆哮着,我听见门开了,各种声音传了出来。

"女士,你还好吗?"

我继父的声音:"怎么了?我马上就来。"

福德爸爸也穿着他的棉布睡袍拖着脚走到门廊:"发生什么事了?怎么了,薇薇安?"

在关键的时刻,他不再是管家、厨师、侍者,而变成了她的父亲,或者溺爱她的叔叔。他问我:"你究竟去哪里了?"

我哭得太厉害,没法回答。

突然贝利出现了,也穿着睡袍,同样控制着自己。他看着我的脸,听着妈妈喋喋不休的激烈指责。他语带权威地说:"过来,玛雅,上楼。我去拿毛巾,回你自己房间。"

我跟着他上楼,进了自己房间。我坐在床上,他一只手拿着一条湿热、沾满肥皂的毛巾,另一只手拿着一条干爽、松软的毛巾,说:"不要试图说什么,只要冷静,擦擦你的脸。我回我房间了,不要担心任何事情,我会弄明白我们该怎么做。"

我收拾干净，设法放松下来，因为我哥哥会掌管一切。15 岁时，我不理解这样的反讽，我 6 英尺高，17 岁的贝利 5.5 英尺高。

第二天上午，卫生间镜子里的形象惊吓到我了。我的两只眼睛都是黑的，嘴唇肿了起来。我又开始哭，这时贝利提着旅行箱出现了。

他说："你看上去很糟糕。我非常难过，玛雅。来吧。"他带着我从卫生间回到我的卧室。

"打包两套内衣、两条裙子，再加两件毛衣。我们要离开这个地方。"

我找了几件衣服，把它们叠好放进旅行箱，他合上箱子。

"我们去哪儿？"

"我也还不知道，只要离开这里，去任何地方都行。"

我跟着他下台阶，楼梯尽头，妈妈双手叉腰站着。

"你们到底想去哪里？"

还没等他回答，她顺着台阶朝上看见了我，惊叫起来，摇晃着好似要摔倒。

她说:"我的宝贝,哦,我的宝贝。到这里来,我非常抱歉!"

贝利直直地瞪着她:"我们要离开你的屋子。没有人,就是没有人能打我的宝贝妹妹。"贝利拉住我的手。

妈妈说:"宝贝,我非常抱歉,非常抱歉。"

贝利说:"玛雅,我们走!"

妈妈转向贝利:"请给我一个机会,求求你。来厨房,给我一个机会。"

我们跟着她去了厨房,继父和福德爸爸正在那里喝着咖啡。每个人都看着我,脸上藏不住惊讶。

妈妈问:"请你们去餐厅或者客厅好吗?我和我的孩子有话说。"

我们三个人留在厨房温暖、芬芳的气息里。妈妈从架子上取下一块茶巾,把它放在地板上。她叫我和贝利坐在厨房的椅子上。薇薇安·巴克斯特双膝跪地,向上帝祷告祈求宽恕,然后用同样颤抖的声音,乞求我原谅她。

"我疯了,我失去了理智。我记得那个杂种在你

7岁时对你做的事，我无法想象另外一个人占有你、玷污你，甚至可能杀了你。我下楼前，刚从你空荡荡的房间离开，突然你出现在门口，开门时还面带微笑。正好我手上拿着钥匙串，上面至少有20把钥匙，我想都没想就打了你。"

她跟贝利说："我没有想要伤害你的妹妹。我请求你们原谅我。"然后，她哭了起来，非常可怜，贝利和我离开座位，和她一起跪在地板上，用胳膊轻轻地抱着她。

我们尝试鼓励她站起来，妈妈拒绝了，于是我们俩上楼回房。贝利说："她是一个强悍的女人，一个非常强悍的女人。"

"我希望她在克莱德尔爸爸和福德爸爸的面前跪地道歉。"

"不，她不能那样做。这样会夺走她对他们拥有的某些力量。"

"好了，我们夺走了她对我们的力量。"

"不，我们没有夺走，亲爱的，她把力量给了我们。"

第十二章

贝利敲响我房间的门，我看着他的脸，知道世界末日的大决战来了。"怎么回事？"我问。

他把我推到一边，进了我的房间："我要走了，我要参加陆军或海军。"他哭过了，"我到年龄了，我17岁了。"

"为什么？你下个月就要毕业了！为什么？"

"我不想再等那么久了。"

"是女士做了什么？"

他说："我本应回到奶奶那儿的。她需要我。"

我说："女士需要你，她非常喜欢你，你应该瞧瞧她看着你的样子。"

"她有克莱德尔爸爸、福德爸爸和你，和……和……你知道那个叫巴迪（Buddy）的男人吗？"

巴迪是一个频繁来访的客人，经常掌控谈话，讲笑话，取笑当地政客。女士和克莱德尔爸爸都被巴迪逗得很开心。

"巴迪怎么了……什么？"

贝利问："你见过她是怎么看他的吗？"

"没有。"我说。

"好吧，我看到过。如果他们没在汽车旅馆干过那事儿的话，我会很惊讶。"

我说："贝利，你应该感到很害臊。你认为你母亲有外遇？"

"我不是翻她老账。她把我们送走，是吧？她丢弃自己亲生的孩子。为什么她不会有外遇？"

"贝利，跟我直说，你见过让你确信的任何事情吗？"

"没有，实际上没有，除了她看他的方式。"

"好了，我不相信。我刚开始真正地喜欢她，我不相信她会背叛克莱德尔爸爸。"

他打开我的门，回头看了我一眼，几乎是在讥笑。

"你必须成为一个男人才能明白，你只是一个女孩子。"他摔门而出。

我不知道该做什么，显然，我不能瞎扯我哥哥的坏话。我能做的一切就是争取说服他放弃参军的决定。我去他房间，但是他不应门。他几乎躲了我一个月。接下来的一天晚上，在餐桌边，他说："我要宣布一件事。"

他把几页文件放在桌子上。

"我加入了商船队（Merchant Marines）。我通过了考试和体检，很快就要出海了。"

妈妈伸手去拿文件，但他把它们抓了回来。

她说："你不能，我不会让你走。"

"我已经搞定了，我到年龄了。无论如何，现在晚了，我已经宣誓就职了。"

妈妈摔坐回她的椅子上。"为什么？你几个星期后就要毕业了，我刚买好了要穿的新衣服。"

贝利道："和往常一样，你只想到你自己。"

妈妈说："但是为什么？为什么？玛雅，你知道吗？"

贝利看着我："我的玛雅不知道这些，只有我知道，也只有你才惊诧，或者也许你可以跟巴迪提到我。"

薇薇安很吃惊："你生我的气？为什么？我对你做了什么？巴迪跟你参军有什么关系？"

贝利轻蔑地看着母亲，我为她感到很难过，也为他。

几个星期后，贝利走了，妈妈和我都非常想念他，但是谈论他的缺席太痛苦了，所以我们从来没有提到过。

妈妈要出门两三个月，为此开始整理行李。因为她不得不回阿拉斯加，去诺姆市看看她和克莱德尔的赌场。

第十三章

我很不安，因为我没有像其他女孩那样发育。我没有乳房，真正丰满的乳房。我胸部有小块，但没有什么实质性的东西。我的臀部是平的，我的腿太细太长，我的声音很低沉。更让我悲伤的是，我觉得我长大后可能成为女同性恋。我读过一本书叫《井》（*The Well*），据称是一位女同性恋者写的。她非常不快乐，她那些同样是女同性恋的朋友也一样悲惨。我身体发育迟缓，这让我想弄明白，是否有可能，我长大后会变成一个女同性恋，并且不幸福。我真的不想那样。

然而不是所有的男孩子都只追求漂亮姑娘，也有一些男孩让我知道，他们想和我谈恋爱，或者至少和我做爱。他们只有十几岁，很容易忽视他们。但是，有一个叫贝比（Babe）的，住在我家的上一个街区。他十九岁，很帅，我对他生发出令人眩晕的迷恋。连着好几个星期，我想象自己在他的臂弯里休息的样子。他靠近我的方式通常是："嗨，玛雅，你什么时候给我一些又长又高的糖果？"

某天，我从他面前走过，突发奇想停了下来。他未及说话，我便说："嗨，贝比，你还想要一些又长又高的糖果吗？"他的牙签差点从嘴巴里掉出来。

但是他很快恢复常态："好，我们走。"他有一个朋友，可以提供一间他能用的房间。他没有问为什么我愿意跟他去。事实上，我们一路沉默无语，走过几个街区，到了那座典型的旧金山大房子。他用一把钥匙打开门。在卧室里，没有亲吻，没有前戏，没有娇声耳语，什么都没有，只有"把你的裤子脱下来"，我们做爱了。

我七岁时被强奸，见过强奸犯的私处。我哥哥十分小心，不让我见到他的光身子，所以除了那个强奸犯，我没有见过其他任何一个男人的裸体。那晚，我瞥了一眼贝比的下体，那让我很尴尬。我很难过，我如此鲁莽。

我知道我最终是要告诉贝利的，我也知道他会告诉我，我又做了蠢事。

贝比大声叫了一下，然后躺着不动。那时，我知道我们做爱结束了。他开始起床，我问他："结束了？"

他说："是的。"

我穿上衣服，真的很失望，做爱没有让我确认我是正常的，不是女同性恋。我们离开了房子，我想跟我哥哥讨论一下这事儿，但是他在商船队里，几个月后才期满返回旧金山。

两个月过去了，我发现我怀孕了。我打电话给贝比，邀请他来我家。我告诉他我怀孕了，他表现得好像四岁的孩子。他哀嚎道："我不是这个孩子的父亲，不要说谎，不要赖到我身上。"

于是我说："你可以走了。"我年轻的时候可以完全不容分说，"你可以出去了，从后门出去"。

#

妈妈回到旧金山，又返回阿拉斯加，我没有告诉她我怀孕的事情，害怕她会把我带出学校。但是当贝利从商船队休假回家的时候，我告诉他我怀孕了。他警告我："不要告诉妈妈，她不会让你继续上学的。你现在一定要完成高中学业，如果你没有，你可能再也没有机会了。你要拿到毕业证书。"

妈妈来来回回，去阿拉斯加照料他们的事务，所以她没有留意到我长成了快要分娩的母亲。

我的继父在一旁留意到了，但是他搞不明白看到的状况。他说："你长大了，看上去开始像一个年轻女子了。"

我想："我应该长大了，毕竟已经超过 8 个月身孕了。"

福德爸爸打扫房间，烧菜做饭，完全没有留意到我。

整个夏天，我断断续续地上学，有时孕吐迫使我从有轨电车上下来，但是我完成了在夏季学校最后一年的学业。

克莱德尔爸爸的生日、胜利日和我的毕业日恰巧是同一天，于是爸爸带我出去吃晚餐庆贺，告诉我，他多么自豪有一个从高中毕业的女儿，这让我想起他只读到 5 年级。我们回到了家，我上楼回自己房间，写了一封信。

"亲爱的爸爸，我很难过，我让家庭蒙羞。然而，我怀孕了。"我把这页纸放在他的枕头上。

我不可能睡着，等着听他的脚步声。他会做什么？他可能会咒骂我，让我滚出去，不，他从来没有骂过人。大约早晨 4 点，他回家了。我想他一定会看那封信，然后跺着脚上楼来。但什么都没有发生。我洗了个澡，随后放弃了睡着的努力，坐在床边。那天上午 9 点，他在楼下叫我。

"玛雅，下楼来，跟我喝一杯咖啡。我收到你的信了。"我穿好衣服，紧张不安。他坐在厨房的桌子边，用他平常的声音说："嗯，宝贝，我收到你的信了。现在，嗯，你到什么程度了？"

我屏住呼吸，告诉他，大概还有三个星期，孩子就要出生了。

"好的，我会打电话给你妈妈。她会处理，不要担心。现在，我觉得你在这样的状况下，别总是蹦来跳去了。我看你睡得不多，回床上去吧。"

满怀着惊讶和宽慰，我回到了自己的房间。

第二天，妈妈从诺姆飞回来，我不知道她会做什么。我在想她会怎么看我，我6英尺高，肚子高高隆起，既自责又害怕。而她大概5英尺4英寸半高，非常美丽。她进屋看到我，说："哦，你的肚子看上去比怀孕三个星期大好多。"

我说："是的，夫人，是距离宝宝出生还有三个星期。"

她说克莱德尔爸爸误会了，他电话里告诉她，我怀孕三个星期，她最好回家看看。我看着她，说不出一个字。

"好吧，宝贝儿，现在给我放下洗澡水。"在我们家，因为一些未知的原因，我们认为替另一个人放洗澡水、搅洗澡泡泡和喷香水是一件荣幸的事。

于是，我去放洗澡水，然后她说："过来，和我一起坐在这儿。"

我坐在浴室的高脚凳上。

"你会抽烟吗？"

"是的，夫人，但是我没烟。"

她说："好的，你抽什么烟？"

"长红。"

她说："好吧，我抽红圈，不过你可以来一支我的。"于是，我抽起一根烟，然后她问我："你知道孩子父亲是谁？"

"是的，夫人，只是一次。"

"你爱他吗？"

我说："不。"

"他爱你吗？"

我说："不。"

"好吧，那就这样吧，我们不要毁了三个人的人生，我们，你、我和这个家将要迎来一个棒棒的小宝贝。这就是全部。谢谢宝贝，继续向前走吧。"

我离开浴室，宽心的泪水洗刷着我的脸。她没有恨我，或让我恨我自己。她给了我她一直表现出来的尊重，她关心我和我的孩子。她还和我谈话。

妈妈在家里待了三个星期，和我聊天，告诉我有关孩子、怀孕和生产的家庭故事。她详述了我出生的那晚，描述她分娩的时间有多长，她怎样把毛巾塞在嘴巴里，这样就没有人能听到她哭。

当宫缩启动时，我提着她为我打包好的医院行李箱，敲响她的门。我宣告，我准备好出发了，她笑着说："还没到时间，宝贝，还有几小时呢。刚开始，宫缩来得慢，但会越来越快，不要着急，我保证会及时把你送到医院。"

她邀请我去她的卧室，为我洗了澡，让我躺在她的床上，帮我剔毛，为分娩做准备。

薇薇安·巴克斯特，在她的各项职业技能中，有一项是注册护士。她在家的三个星期，带我去她的医生鲁宾斯那儿看了两次，他测算了预产期。妈妈给他打了电话，留下了语音信息，就带我去了医院。

我们到医院后，透过门上的玻璃，能看到两位护士。妈妈说："哦，这个大个子会很和善、好沟通，小个子会像柠檬一样酸。我跟你打赌 50 美分。"

两个女人打开了门，胖胖的那位说："哦，欢迎！我们在等她，让她过来吧。"

那个小个子用酸酸的声音说："我们以为你们会早点来。"好像我妈妈之前就认识她们似的。

妈妈告诉她们她是一名护士，以及她以前工作的医院名字。她带我进入分娩室，这时宫缩来得更快了，但医生还没有到。

妈妈叫来其中一位护士，说我已经剃过阴毛，然后又替我擦洗了一遍。接下来妈妈和我上到一台产床，她跪着，把我的一条腿靠着她的肩膀，抓住我的两只手。然后，她跟我讲下流故事、笑话，根据宫缩时间抖包袱，让我笑。她鼓励我："这就对了，全力以赴，全力以赴。"我全力以赴。当宝宝出生时，她说："他来了，他长着一头黑发。"

我好奇地问："你认为他该有什么颜色的头发？"

护士替宝宝冲洗完，妈妈说："看过来，我们有一个帅小子了。好啦，宝贝，现在都好了，你可以睡觉了。"

她吻了吻我就离开了。我继父后来告诉我，她到家时是那么疲惫不堪，就像她自己生了一对双胞胎。

我想着我妈妈，觉得她很神奇。她从来没让我感到我让家庭蒙羞。小婴孩没在计划中，我要重新规划学业，但是对薇薇安·巴克斯特来说，生活就是生活。我未婚生子不是什么错误，这很简单，只是有点不方便。

儿子两个月大时，我找到了一份工作。我去妈妈那儿，告诉她："妈妈，我要搬出去。"

"你要离开我家？"她震惊了——我要离开她精致的、拥有所有便利设施的家。

我说："是的，我找到了一份工作，还找了一间房子，楼下过道可以做饭，房东太太可以照看孩子。"

她看着我，一半同情，一半骄傲。她说："好的，你走吧，但是记得，当你穿过我家大门的台阶时，你已经长大成人。带上你从阿肯色亨德森奶奶和我这儿学到的，以及你知道的是非之间的区别。做对的事情，不要让任何人把你带离你被教养的轨道。在恋爱关系中、在朋友之间、在社会上、在工作领域，你可能一直都得去适应别人，但是不要让任何人改变你的主意。然后记得，你永远可以回家。"

　　我走开了，回到卧室，才听到自己的声音，我叫了女士"妈妈"。我知道她留意到了，但我们从未提及这事。我意识到，在儿子出生、我决定为我们俩找个相依为命的地方之后，我就把薇薇安·巴克斯特当作了母亲。偶尔，出于习惯，我叫她女士，但是她对待我的方式、她对我宝贝的爱，让她赢得了被称为母亲的权利。我们搬家的那天，妈妈为我宽心，让我知道她是站在我这一边的。我意识到，我和她亲密起来，她让我获得了自由。她让我从这个社会中获得了解放，我曾觉得自己是底层中的底层。她让我绽放生命，从彼时到此时，我掌握着自己的生活，我也会说："我和你在一起，孩子。"

第二部

我和妈妈

第十四章

独立是令人兴奋的饮料，如果喝进嘴里，它会对大脑产生和新酿的红酒一样的影响。它的口感不是一直令人心动，但这不重要，它令人上瘾，每喝一口，你就想要更多。

22岁那年，我住在旧金山。我有一个五岁的儿子，两份工作，两间租来的可以在楼下过道做饭的房间。我的房东杰斐逊太太非常友善，像祖母一般。她是一个现成的照看孩子的人，坚持为她的房客提供晚餐。她的方式如此温柔，她的性情如此亲和，以至于没有人会刻薄地打击她糟糕的烹饪成果。她餐桌上的意大利面，每周至少供应三次，这是一种神秘的红色、白色、棕色混合物。偶尔，我们会在通心粉里找到一片无法辨认的肉。

我没有预算去餐厅用餐，所以我和我的儿子盖伊（Guy）总是很忠诚地在杰斐逊主厨家吃饭，即使经常不爽。

我妈妈搬进了另一栋维多利亚时代的大房子，她又在里头装满了哥特式的有繁复雕刻的家具。沙发和休闲椅上搭着酒红色的马海毛面料，东方的地毯铺满了整个房子。她有一个住家的雇员帕帕（Pappa），他打扫房间，有时在厨房帮忙。

妈妈每两个星期把盖伊接回家一次，喂他吃桃子、奶油和热狗，而我只是每个月在约定的时间去一次富尔顿街。

她理解和鼓励我依靠自己，我也非常渴望我们的固定约会。有时，她会做一道我最喜欢的菜。在我的脑海里有一个午餐日格外凸显，我叫它"薇薇安的红米日"。

那天当我走进富尔顿街的房子时，妈妈穿得漂漂亮亮的，她妆容完美，戴着上乘的首饰。

拥抱后，我去洗手，接着我们穿过她昏暗的餐厅，来到敞亮的大厨房。

厨房餐桌上，午餐的很多东西已经准备好了——薇薇安·巴克斯特总是非常认真地对待她的美味餐食。

这个红米日里，妈妈为我做了一种脆脆的不加调料也没有肉汁的干烤鸡、简单的不加番茄和黄瓜的生菜色拉。一个盖着大浅盘的大口碗，则摆在她的盘子边上。

她简短地祷告，热情地赞美食物，而后把她的左手放在大浅盘上，右手放在碗上。接着她把餐具倒过来，轻轻地把碗揭开，露出一堆高高的亮晶晶的红米饭（全世界我最喜欢的食物），装饰着切得碎碎的西芹和绿色的葱花。

在我味蕾的记忆里，鸡和色拉并不突出，但是每一粒红米都将在我的舌面上永远被颂扬。

暴食和贪婪都是贬义词，专门用来描述被钟爱的

93

食物所诱惑的忠诚食客。

两大份米饭让我食欲饱足，但是食物的美味让我希望有一个更大的胃，这样我就可以再多吃两份。

下午妈妈还有安排，所以她拿起外衣，我们一起离开了家。

我们来到街区中央，周遭都是菲尔默尔街和富尔顿街十字路口腌制食品厂里食醋的刺鼻酸味。我走在前面，这时妈妈叫住了我："宝贝。"

我走回到她身边。

"宝贝，我一直在想，现在我确定了，你是我遇见过的最伟大的女性。"

我低头看着这个娇小的女人，画着完美的妆容，戴着钻石耳环和一条银色的狐狸围巾。旧金山黑人社区绝大部分人都赞赏她，甚至一些白人也喜欢和尊重她。

她继续说："你非常友善，非常聪明，这些并非总能集中在一个人身上。埃莉娜·罗斯福夫人（Mrs. Eleanor Roosevelt）、玛丽·麦克劳德·贝休恩博士（Dr. Mary McLeod Bethune）和我母亲是这样的人——现在你也在那个名单里了。这儿，给我一个吻。"

她亲了亲我的嘴唇，转身横穿马路走向她米白和棕色相间的庞蒂亚克车。我抱紧自己，往菲尔默尔街走去。我穿过那儿，等22路有轨电车。

我的独立不允许我接受妈妈的钱，甚至搭她的车，但是我乐于接受她，还有她的智慧。现在我在思考她说过的话，我想："可能她是对的，她很聪明，经常说她不会因为惧怕任何人而说谎。"我想："也许我真的会成为一个人物。想象一下。"

在那一刻，红米饭的味道还未散去。我下定决心，是时候了，我要改掉危险的习惯，像抽烟、喝酒和骂人。我真的不再骂人了，但几年之后，我才开始禁酒禁烟。

想象一下，我可能真的会成为一个人物。某一天。

第十五章

他的名字叫马克（Mark），高个子，是个黑人，身材健美。如果他是匹马，他在加拿大皇家骑警队也能有一席之地。他受乔·路易斯所激励（Joe Louis），想成为一名拳击手。他离开出生地得克萨斯，在底特律找到工作。他想在那里挣到足够的钱，然后找一位教练，帮助他成为一名职业拳击手。

汽车厂的一部机器切掉了他右手的三根手指，当断指离开身体时，他的梦想也破灭了。我遇见他后，他告诉了我这个故事，以此解释为什么人们叫他"二指马克"。对于梦想的破灭，他没有表现出任何的怨恨。他说话温和，经常雇人照料孩子，这样我就能去他租的房子做客。他是一个理想的求婚者、情人，不急不躁，在他身上，我体会到了绝对的安全和安心。

他温柔地照料着我，直到几个月后的一天晚上，他到我工作的地方来接我，说要带我去半月湾。

他在悬崖上停下车，透过窗，我看见泛起涟漪的水面上荡漾着银色的月光。

我走出车，这时他说："过来。"我立即走了过去。

他说："你有了另一个男人，你对我说谎。"我笑了。他打我的时候，我一直在笑。他用两只拳头打我的脸，我几乎不能呼吸。我摔倒了，眼冒金星。

当我苏醒过来时，他脱去了我大部分的衣服，把我靠在一块露出地表的岩石上。他手里握着一大块木板，正在哭。

"我对你这么好，你这个令人厌恶、谎话连篇、卑贱下等的婊子。"我试图走向他，但我的腿没法支撑我。他转到我后面，用木板打我的后脑勺。我晕了过去，但每次我苏醒过来，都看见他在哭。就这样他一直打我，我持续昏厥。

后面几个小时发生的事，我必须依靠传闻才能还原。

马克把我扔在他车的后座上，开车去旧金山的美籍非裔区。他把车停在贝蒂·卢鸡块店（Betty Lou's Chicken Shack）的前面，并叫来了一些闲逛的人，把我示众。

"这就是一个撒谎婆娘该得的。"

他们认出了我，返回餐厅，告诉了贝蒂·卢女士，说马克把薇薇安女儿弄在他车后座上，她看上去像是死了。

贝蒂·卢小姐和我妈妈是闺蜜，她马上给我妈妈打了电话。

但没有人知道他住在哪里，在哪里工作，甚至没人知道他的姓。

好在我妈妈有桌球室和赌场，而贝蒂·卢有警方的门路，她们期望着很快找到马克。

妈妈和旧金山的头牌担保人关系很近，所以她给他打了电话。但博伊德·普西纳利的档案里没有马克或二指马克的名字。

不过他向薇薇安许诺，他会继续搜索。

而当我醒过来，发现自己躺在一张床上，浑身疼痛。呼吸、尝试说话都会痛，马克说，那是因为我断了肋骨，而我的嘴唇也被牙齿戳伤了。

他开始痛哭，说他爱我。他拿出一把双刃剃刀，放在喉咙上。

"我不配活着，我要自杀。"

我没法说话去阻止他，他又快速把剃刀搁在我的喉咙上。

"我不能把你留在这儿，让别的黑鬼拥有你。"但我仍无法说话，呼吸也让我疼痛。

突然，他改变了主意。

"你三天没吃东西了，我去给你买点果汁。你喜欢菠萝汁还是橙汁？你只要点头就行。"

我不知道该做什么。什么可以把他打发走？

"我去街角边的商店给你买点果汁。很抱歉，我伤害了你。等我回来，我会看护你恢复健康，彻底痊愈，我发誓。"

我注视着他离开。

直到那时，我才意识到，我正在他的房间里，那是我经常来的地方。我知道他的房东住在同一楼层，我想如果我能引起她的注意，她会帮助我。我吸入所有我能吸入的空气，试着呼叫，但是发不出声音。我又试着坐起来，但疼痛太剧烈了，我只试了一次。

我知道他放剃刀的地方，如果我拿得到，至少我能结束自己的生命，以防他得以幸灾乐祸地杀了我。

我开始祷告。

我时断时续地祷告，时而有意识，时而不清醒。接着，我听见楼下大堂里传来呼叫，我听见了妈妈的声音。

"把门撞开，灭了那个混蛋。我的宝贝在里面。"木头发出吱嘎声，然后裂了。门退到一边，我娇小的母亲穿过门口走了进来。她看到我直接昏了过去。后来，她告诉我，这是她一辈子唯一一次昏倒。

因为她无法接受看见我的脸肿得两倍大，我的牙齿嵌入我的嘴唇，于是就摔了下去。三个大个子男人跟着她走进房间，两个搀扶起她，她在他们的臂弯里东倒西歪地苏醒过来。他们把她放在我的床上。

"宝贝，宝贝，我太抱歉了。"她的每一次抚摸都让我畏惧。"叫一辆救护车，我要杀了那个杂种。我很抱歉。"

她像所有的母亲一样感到内疚，当她们的孩子发生可怕的事情时，她们就会责备自己。

我不能说话，甚至不能碰她，但是我从来没有像在那个时刻、在那间令人窒息的恶臭房间里那样爱她。

她拍拍我的脸，摸摸我的胳膊。

"宝贝，有人的祷告被回应了。没有人知道如何能找到马克，即使博伊德·普西纳利也不知道。但是马克去了一家夫妻老婆店买果汁，正赶上两个孩子从一个摊贩的卡车上抢了一箱烟。"她继续讲她的故事。

"正好一辆警车转到街角，两个小男孩就把香烟箱扔进了马克的车里。当他正要上车时，警察抓住了他。他大叫清白，但警察不相信，把他带到拘留所。

他打电话给博伊德，博伊德接了电话。"

马克说："我的名字叫马克·琼斯，我住在橡树街。现在我身无分文，但是我的房东太太看管着我的很多钱。如果你给她打电话，她会过来，无论你要价多少，她都会带来。"

博伊德问："你的绰号叫什么？"

马克说："我叫二指马克。"

博伊德挂断电话，立即致电我母亲，给了她马克的住址。他问她会报警吗，她说："不，我会给我的桌球房打电话，带上几条粗汉，然后去要回我的女儿。"

她说，当她赶到马克的房子时，他的房东太太说，她不知道什么马克，他好几天没在家了。

妈妈说，不管是不是这样，她只要找她的女儿，就在那个房间——马克的房间。妈妈问，哪一间是马克的房间。房东说，他把门锁住了。我母亲说："它今天肯定会被打开。"房东太太威胁要报警，我母亲说："管你叫警察来，还是叫面包师来，你还可以叫收尸的来。"

当这个女人指出马克的房间时，我母亲对她的助手说："把门撞开，灭了那个混蛋。"

在医院的房间里，我想到那两个把偷来的烟扔进一个陌生人车里的小罪犯。

当马克被逮捕时，他打电话给了博伊德·普西纳利，博伊德打电话给我母亲，而我母亲从她的桌球房召集了三个最勇敢的男人。

我被拘禁的房间的门被他们砸了，我得救了。这是插曲、巧合、偶然，还是祈祷得到了回应？

我相信，是我的祷告被回应了。

我在妈妈家里慢慢康复。"喇叭"（Trumpet）是萨塔街酒吧的调酒师。妈妈说："他刚打电话给我，说马克在那儿醉倒了，拿着这玩意儿。"她又递给我她的 38 式手枪，我接住了。

"从萨塔街酒吧穿过街，到 C. 凯恩德酒店，在大堂打电话给马克。喇叭说，他能让马克在那儿待至少一小时。用南方口音给马克打电话，说你前几天晚上见过他，你在 C. 凯恩德酒店，想要再见他。当他走出酒吧，你就从酒店大堂出来，走到街角，向他开枪，杀了这个杂种。我保证，以后你不会有这种机会了。既然他想要杀了你，那就开枪杀了他。"

我在 C. 凯恩德酒店大堂打电话，马克没有认出我的声音，他调情说："你叫什么名字？"

我说："伯妮斯。我在大堂，过来吧。"

他笑着说："马上。"

过了一会儿，他走到街角，开始过马路。

我握着枪走出大堂，我先看到他，他接着看到了我。我有足够的时间开枪，但是我不想这么做。他在街上走了几步，然后看见了我，看见我手里有枪。

"玛雅，求你不要杀我。上帝，不要。对不起，我爱你。"

我对他没有同情，只有厌恶。我说："回酒吧去，马克，去洗手间，走吧，我不会杀你。"

他转身跑了。

母亲摇头："这一点你不像我，也不像你亨德森奶奶。我会当街像杀条狗一样杀了他。你是美好的甜心，是一个比我好的女人。"

她把我裹进她的臂弯："你再也不用担心他了，

我把消息放到大街上了。他知道如果他还在旧金山的街道上，他的小命就会是我的。我不会犹豫。"

# # #

　　我的两份工作只够支付我的账单。我早上 5 点在小餐室当煎炸厨师，直到 11 点。第二份工作在科里奥尔餐馆，从下午 4 点一直到晚上 9 点。

　　两份工作之间的几个小时午后时光，我会把盖伊从学校接出来，带他去见专科医生，医生会给我一张不会引起他过敏的食物购置单。盖伊对番茄、面包、牛奶、玉米和绿色蔬菜都过敏。当我们离开专科医生那里，就会在梅尔罗斯音像店停留，他会听儿童唱片，我会在蓝调和比博普一侧。我们每人选一个小隔间，听我们选的音乐。

　　大约一小时后，我们选好唱片，付钱，然后回家。我的时间只够看到他安全到家，然后不得不去科里奥尔厨房报到上晚班。

　　一个午后，在专科医生办公室，我捡起一本华而不实的女性杂志，读到一篇文章，叫《你的孩子是真的过敏，还是可能没得到你足够的关注？》。

在我看到这篇文章之前，盖伊被确诊为过敏症。我问前台，能否取走这本杂志，下一次约见时我会把它带回来，她同意了。我把杂志放在包里，直到晚班结束才有时间坐在厨房的桌子边，接着读我之前就开始读的那篇文章。

这篇文章激怒了我。我正要把杂志扔进垃圾桶，妈妈打来了电话，我应答得很无理。

她问："怎么了？"

我说："白人女人让我恶心。"

妈妈问："她们今天对你做了什么？"

"不只是对我做了什么，而是她们认为她们知道一切。"

妈妈说："我在去你那儿的路上，请在杯子里放点冰，我会带上我的苏格兰威士忌。"

我洗了脸，梳了头发，杯子里放好冰，这时，门铃被摁响了。

当她进门来，我已经准备好等她说："坐下，我有话要说。"

她要求看我读的文章，我就给了她，然后给自己倒了一杯酒。当她读完文章，笑着说："是什么让你这么生气？"

我说："一身白皮肤的白人女人，稍微有点钱，有人给她们付账单，她们就认为每个人都像她们一样。我不得不做两份工才刚刚收支平衡，我已经竭尽所能。"

妈妈说："坐下，我有话要说。"

这是我料想中的对白，我坐了下来。

她说："我知道你太骄傲，所以不会借钱，你永远不会乞求，但真相是：你有一个身体不好的孩子，有一个爱你的母亲。我不想借给你任何钱，但是我真的想对你的未来投资 1000 美元。这不是借贷，也不是礼物，这是一项投资。

"我不期望你三个月后开始给我回报，我希望你能够花更多的时间陪你的儿子。你必须另外找一份酬劳不错的工作，因为我要收 5％的利息。我知道你很讲公平，你也知道我很强硬。让我们忘记白人女人，只想我们自己。"

我感谢她的提议。第二天上午，当我告知那家小餐室我要辞去工作时，第二家餐厅的老板也给了我辞退的通知。

突然，我有了一大笔妈妈投资我的钱，而且没有工作缠身。每天早上，我带着盖伊悠闲地走去学校，而不是匆匆忙忙地扔下他。他的欢乐有感染力，我发现我自己会咯咯地笑。

他跳跃着，手舞足蹈，抓起我的手又放下，跑去街角，然后回来。他的欢呼几乎让我流泪。

当我午饭时间去接他时，他绝不让我走在人行道的裂缝处。事实上，他要求我当他跳起时，我也不得不跳，我照做了。看着我跳，他咯咯直乐，他的欢喜逗乐了我，我跳了一次又一次。

两个星期后，曾经让他痒得皮肤会抓出血的过敏症状停止恶化。四个星期后，过敏的伤处愈合了。

命运向我微笑，我决定一路向前。

我向梅尔罗斯唱片店申请工作，结果被录取了。新工作支付了我可观的薪水。

我妈妈说，她的朋友告诉她，有一次看见我和儿子在马路上欢跳，玩得像个孩子。她说："不，她不在玩，她在做一个好妈妈。"

第十六章

大卫·鲁本斯坦（David Rubenstein）是一名新派的犹太教徒，路易斯·考克斯（Louise Cox）是一位基督教科学派的信徒，而我是 CME 和浸礼会教徒。令人惊喜的是，我们不仅相处得很好，而且喜欢彼此。这家唱片店也是菲尔默尔黑人社区最全的音乐商店。

查理·帕克（Charlie Parker）、蒂泽·基尔赖斯皮（Dizzy Gillespie)和迈尔斯·戴维斯（Miles Davis）统治了比博普的地盘，考恩特·贝斯（Count Basie）、

乔·威廉姆斯（Joe Williams）、瑞·查尔斯（Ray Charles）、黛娜·华盛顿（Dinah Washington）、比利·埃克斯顿（Billy Eckstein）、奈特·金·考尔（Nat King Cole）和萨拉·沃恩（Sarah Vaughn）是流行节奏和蓝调音乐的主角。旧时代的蓝调歌手们各有所长。

我因为知道什么音乐家做了什么音乐、获得什么成就，而名声大作，厉害到了戴维和路易斯没等我有念想，就给我加了薪。我开始还薇薇安·巴克斯特一些钱。

托什·安吉洛斯（Josh Angelos）这么帅、这么高贵，简直让我窒息。他穿着水手领汗衫、粗花呢裤子和鹿皮鞋，对爵士和比博普的了解和我一样多。他选了一堆唱片后，随意问起我的名字，我告诉了他。他挑了些唱片，付了钱，离开了商店。

路易斯·考克斯说我："你真让他刮目相看。"

我没觉得这很有趣，因为我认为他根本没有注意到我。第二个星期，当他再来时，他叫了我的名字，要了更多的唱片。他播放唱片、挑选、付钱、离开。他第三次来访时，盖伊在店铺前被送下车。托什跟我打招呼，问我和这个 5 岁孩子有关系么。

我说："他是我儿子。"

托什问："他喜欢音乐吗？"

我说："是的。"

他笑了笑，点头，离开了商店。

我问路易斯，她知不知道些关于托什的事。

"他在海军，是希腊后裔，也是俄勒冈州立大学毕业生。"

几个星期过去了，托什没有来访。路易斯说，他可能随船出海了。我想他可能找到了另一个更好的去处。几个星期后，当我放弃再见到他的念头时，他穿着他的海军军装踏进唱片店，问我能否和他出去晚餐。

我说，好的，我要叫阿姨照顾下盖伊。他说，下一次我们出去可以带上盖伊，但是第一次，他希望我属于他。

第一次约会，托什的聪明才智让我目眩神迷，他的经历赢得了我的心。接下来的四个月，托什、我和盖伊，或是只有托什和我，光顾了街区的每家餐馆。我们一起下棋，玩 20 个问题和客厅游戏。

我们发现彼此喜欢，因为他让我和盖伊欢笑，我感觉自己热切地期待他的到来。一天晚上，吃过晚饭，结束了滑稽的 20 个问题游戏后，盖伊上床睡觉去了。托什和我坐着喝酒。我邀请他留下过夜，他温柔而有激情，正如我期望的那样。我们的关系变得更紧密，我很高兴，但是不惊讶。

几个星期后，他问我，能不能嫁给他。我说，我愿意，但要先跟我妈妈说一下。某个玩客厅游戏的晚上，妈妈见过托什，她挺喜欢他，所以当我告诉她我有事要说时，她同意来我家。

盖伊上床后，我告诉她，托什向我求婚，我答应了。没想到她居然暴怒。

"你怎么能说跟一个白人结婚？"她问。

我对她说："我以为你没有偏见。"

她说："我没有，但是如果你嫁给一个白人，就跟一个穷鬼爱上一个有钱人一样容易。"

我说："我没有问他有多少钱，我问他会不会爱我、保护我、帮我抚养儿子。"

她问："他说什么？"

我说："他说会的！"

薇薇安·巴克斯特问我："你相信他吗？"

我说："是的。"

她问："接下来你会怎么样？他究竟会给你带来什么——他朋友的轻视和你朋友的怀疑？这就是新婚礼物。"

当然，我也给他带来了一颗塞满了不安和固执的易变混合体的心灵，和一个不懂父亲纪律的五岁儿子。

她问我："你爱他吗？"

我没有回答。

"那么，告诉我你为什么打算嫁给他。"她说。

薇薇安·巴克斯特欣赏诚实，认为诚实超越所有美德。

我告诉她："因为他要我嫁给他，妈妈。"

她点头："好吧，好吧。"然后，她蹬着她的高跟鞋，转身阔步走向大门，"祝你好运。"

第二个星期，她打电话告诉我，她从旧金山搬去了洛杉矶。我把贝利叫了过来，告诉他，妈妈伤了我的心。

他说："你伤了她的心，她认为你足够了解如何一个人生活或嫁个有钱人。"

我说："没有这样的人啊。"

他说："嗯，所以她要搬家，不过你还有哥哥，我会支持你，我会叫托什我的兄弟。"

第十七章

　　托什和我结婚了，而妈妈搬去了洛杉矶。托什找了一个宽敞的房子，有三间卧室、一间正规的餐厅和客厅、一间大厨房。我们三个人在这个半装修的房子里住得很舒服，我们给厨房买了火炉、冰箱，为客厅添置了沙发。虽然我乐意当一名家庭主妇，我的心却渴望着妈妈的出现。

　　贝利给了我她的电话号码，我给她打了一个，她说："你知道，我爱你，我希望你快乐。你也知道，我不是一个撒谎者，所以我没法告诉你，我期待你和你选择的丈夫在一起幸福。但是我真的希望，你不会一团糟。"

大部分时间，我适应婚姻生活，就像一只脚穿进一只制作精良的鞋子。托什要我辞去唱片店的工作。他说会有太多男人和我调情，他很嫉妒。我没想到他的嫉妒会变得危险，事实上，因为没有人向我表达过这样的热望，我感到受宠若惊。所以，照着他的建议，我在大都会人寿保险公司申请了一份工作，受雇当了一名文员。我每月上两次跳舞课，星期六穿梭在大超市的过道购物，每天用我的新锅子和崭新的炉子做晚饭。

我们和几对种族通婚的夫妻来往。星期六晚上，我们坐在客厅玩20个问题、哑剧字谜，喝廉价的酒。托什看得出来，我想我妈妈。他说："我理解她，她不喜欢白人。"

我发誓，那不是事实。

他改口道："她喜欢白人，她不愿她的女儿嫁给白人。"

盖伊和托什成了好朋友。他教盖伊下棋，而我买了新的菜谱，开始试着做新奇的菜式。贝利和伊凡（Yvonne），他的同居情人，每星期至少来一次。我的婚姻美满，但我只想要两样东西：我和我母亲的关系，以及我和上帝的关系。

托什是一个无神论者。当我们热恋时，他告诉了我这点，但是我相信主会帮助我改变他的主意。我错了，他说，上帝不存在，我去教堂是一件很蠢的事。我担心他会用他的宗教教育把我的儿子争夺过去，所以，只要我和盖伊单独在一起，我就会告诉他耶稣的故事和他创造的奇迹。我教他八福、主祷和第 23 章赞美诗。只有我们俩在一起时，我会测试他是否记住了。我们会唱："我的小小光芒，我将让它闪耀。"我开始把这变成例行之事。

后来，我决定背叛托什，去附近的教堂。一个星期天，做完早餐后，我穿上运动装，说我出去散个步。我去了贝利和伊凡的家，在那里我藏了做礼拜的衣服和鞋子。牧师大声传讲，人们歌唱，在主的屋里，我感觉好多了。我回到伊凡和贝利的家，换回我的汗衫，走回家。我撒谎的事实，无可避免地减损了我的正义感。

婚姻的马车向前行驶，但它遭遇了颠簸，因为我妈妈从不打电话给我，还有就是每月有两次我会偷偷地跑去教堂，并且为此撒谎。

一天早上，贝利打电话给我说，我们的妈妈回家了，她想见我。最初，我说不，我想让她看到我可以像她一样强硬，但是，想要看见她漂亮脸蛋、听见她爽朗笑声的期望和心愿如此之强，以至于我无法拒绝她的拜访。

我问贝利她会不会给我打电话时，电话响了，妈妈问："宝贝，我能来你家吗？"

我说："好啊，星期天来吃晚饭吧。"

她问："我能去了教堂后来吗？"

我回答："好的。"

我确实兴奋得发抖。我知道她喜欢烤鸡配玉米面包酱和内脏杂碎肉汤。我告诉托什和盖伊，我妈妈要来了。盖伊也很开心兴奋。

托什问："她原谅我是白人了吗？"

我没法回答。

我买了一小瓶苏格兰威士忌，铺好桌子。妈妈来了，穿得和平日一样优雅。一位好看的女士陪她一起来的，母亲介绍她叫洛蒂·威尔士（Lottie Wells）。她说，威尔士女士是她的闺蜜，是一名护士，她希望我把威尔士女士当作我的阿姨。

妈妈的微笑很美，很合我的眼缘，让我忘了她又把我抛弃了。她久久地抱着我，当我们分开时，她的脸被泪水打湿了。

她说："宝贝，请原谅我。我不在乎你是不是跟一头驴结婚，我再也不会走开，丢下你一个人。我把洛蒂带来见你，我跟她说了好多你和盖伊的事，我希望你们能互相认识，我相信，你们会互相喜欢的。"

我高兴地看着洛蒂的脸和她喜悦的泪水。

我哭了，我们三个人拥抱在一起。

盖伊跑下来，到门厅大叫："外婆，外婆！"

她亲吻了他，说道："我亲爱的，你怎么长这么大了。"

托什也出现了。"欢迎，"他说，"我们等你们好长时间了。"

我本以为妈妈可能会说一些尖刻的话，但是我好开心她没有。我们进了客厅，她坐下来环顾四周，夸赞房间、家具和装饰。

　　我给她和洛蒂阿姨递了威士忌和水，托什和我各斟了一杯酒，盖伊拿着一杯橙汁，我们共同干杯。

　　妈妈说道："我有事要说，无知是件可怕的事，它导致家庭失去中心，使得人们失控。无知没有边界，老人、年轻人、中年人、黑人、白人，都可能无知。我一直以为我女儿放弃了自己，她生活已经很艰难，我认为她愿意成为蠢货。现在，我听到她好听的声音，看到盖伊那么开心，我喜欢你们漂亮的家。托什·安吉洛斯，请接受我对你的歉意和感谢，我钦佩你爱我亲爱的女儿。"

　　晚餐让我兴奋得快晕倒。

第十八章

15岁时，我获得了加利福尼亚劳工学校的入学奖学金。我在那儿学习舞蹈，它带给我从未了解的快乐。音乐激发我的身体移动、滑行、抬升，我毫不抗拒地跟从它的导引。我尽可能去参加免费课程，当我长大到某个年纪，舞蹈课要收一定的费用了。我抠门地省下钱来，用以支付房租、宝宝的临时照看费、食物、唱片和舞蹈课。有时，我的钱够一个月上两次课，另一些时候，一块钱掰成两瓣花，尽力每周上一堂课。

婚姻生活开始的几个月，我停掉了舞蹈课。我的时间被一些事占满，比如了解我丈夫的生活方式，观察他和我儿子之间的关系发展。

　　之后，我又回去跳舞，每个月只花一个晚上。托什问，他能不能去看舞蹈课。我欢迎他去，他带着盖伊一起。我换上紧身连衣裤，进入教室，看到他们坐在墙边的折叠椅上。

　　他们一直等到下课，然后我们一起开车回家。托什说："显然，你是全班最好的，比老师还要棒。"

　　被他夸奖，我很高兴。

　　几个月后，托什接受了事实——我喜欢跳舞。但有一天，他说想和我一起去一家意大利餐厅吃饭，我还是注意到他为此有点不开心。

　　当时我告诉他，我没空，因为我要上一堂舞蹈课，他很惊讶。他问我，是不是准备把跳舞当职业。我说不，但是舞蹈让我感到自由，我甚至觉得我的身体似乎就是想跳舞。他说好的，那永远不是什么问题。听到他的曲意奉承，我笑了，他也笑了。没人再提什么关于舞蹈课的事。

后来，托什从浴室摔门而出。我问，怎么了？而我们之前没有真正地争吵过。他说，毛巾是潮的，要用一条潮湿的毛巾把自己弄干很不爽。我告诉他，我们有干毛巾，如果他跟我说，我会给他拿一条。他抱怨道，没有一条毛巾是真正干的，因为我没有花时间把它们好好弄干。我什么都没说，只是走到放亚麻物品的柜子边，这才震惊地发现，所有的毛巾都掉到地上，全湿了。

我问："这些毛巾怎么会在地上？"

他回答："是我把它们扔那儿的，因为它们都不干。"

我说："我把它们烘干了的。"

他说："你从来没时间当一名真正的家庭主妇，因为你花了太多的时间在舞蹈房。"

我问："你想让我做什么？"

他拉上裤子拉链，扣上衬衫纽扣，说："你永远不会成为一个职业舞者，所以我不明白你为什么要跳舞。盖伊和我需要你的关心，我们配得上。"

我知道是他故意把毛巾弄湿了，但是我什么都没说。

我等了两天，打电话给妈妈。

她说："哦，宝贝，我正要打电话给你。我对我的生意模式不满意，也许你可以帮我。这个周末我会回旧金山，我星期天想来你家，好吗？"

我母亲来了。她说："就像老话讲的，'斑猫不在家，耗子称大王'。"她的笑声中没有快乐。

她说："我承认，我盼望着回家来看我的宝贝和她的宝贝，但是当我听说有耗子在捣鼓我的生意时，我就变得非常迫切想回旧金山，就是现在。"

托什不说话。我问："有多糟？"

她说："没什么事儿无法解决。我会在一些屁股下面点一把火，让他们高兴地离开，给另一些人多一点钱，他们会高兴地留下来。"

托什只是坐在那里。我问了更多问题，让谈话持续。

妈妈看了看托什，然后站起来，她说："我要走了，我之后再跟你谈。"

托什简单地挥手道别，我带她走向门口。

我说："妈妈……"

"我知道，宝贝，我知道他不喜欢我，我理解。如果他对你和盖伊不好，我也不喜欢他。不要担心，我会想出办法，让我们好好相处。"

她吻了我一下，走出门，上了台阶。

妈妈举办了一个大大的暖屋派对，盖伊和我去参加了。但托什说，他另有安排。我意识到薇薇安·巴克斯特尽一切努力向他示好，他不知道这些努力需要她付出怎样的代价。

我决定忽略这个事实，他们不喜欢对方，但是我默默地感谢我的母亲对他的礼让。盖伊在学校表现很好。

我在大都会人寿保险公司的工作给了我一份薪水，但没有给我乐趣。我暂停了社区中心的舞蹈课，减少了逛唱片店的次数。我的日子由工作、购物、烹饪、和盖伊与托什玩极地游戏组成。我仍旧在可能的时候溜去教堂，在妈妈有时间的时候去看她。

一天，电话铃响了。正好托什在家，他接了电话，声音变得敷衍了事，"当然，当然，当然"。挂上电话，他表情不快地走向我，"是你妈妈，"他说，"她想来接我们，带我们去海滩喝酒。"

我说："太好了！"看着他的脸，意识到他不喜欢我的反应，试着收敛了下，"那好吧"。

他说："她会带你的洛蒂阿姨来接盖伊，所以只有我们三个。"

托什知道他将被评头论足，他不喜欢，但我认为他没什么好惊讶的。盖伊高兴地爬进洛蒂阿姨的车。他知道她会喂他牛奶奶昔、热狗和他要的其他任何东西。

妈妈开车带我们去了一家酒吧，可以俯瞰海豹在岩石上滑上滑下。我们举杯，互相祝酒，然后妈妈说："我不想介入你们的事务，但我站在玛雅的一边。"她转向我，"宝贝，你能告诉我，为什么你那么不快乐吗？"

托什看着我，期待我否认自己不开心，但是我在思考这个问题，意识到最近几个月，我总是想哭。

我说："我喜欢的大部分东西，从我身边被夺走了。"

"被夺走了还是你放弃了它们？"

托什防卫地说："你说你想要一个有一间大厨房的家，你有了。我努力当你忠诚的好丈夫，当盖伊的爸爸。你还想要什么？"

他们俩等着听我会说什么。当我想到我干涸的生活时，忍不住哭了。

"我没有朋友，托什甚至嫉妒我和伊凡的友谊。他让我中断舞蹈课，如果我在唱片店停留，他会生气，最糟糕的是，当我去教堂时，不得不撒谎。"

薇薇安爆发了："什么？！"

我说："星期天，不管何时，只要我能走开，就会去贝利和伊凡家，穿上礼拜服，找到一间不太远的教堂，享受礼拜服务。我把钱投入募捐箱，有时我真的激动时，会写下我的名字和我的电话号码。"

妈妈讥笑说："你的意思是，你去教堂还得说谎？"

托尼说："我知道的。"

我问："你跟踪过我？"

他矢口否认，补充说："一天晚上，你在社区中心时，我接了电话，一个声音说要跟安吉洛姊妹通话。"

"我告诉他们，这儿没有安吉洛姊妹。"

那个声音说："我正试着联系安吉洛姊妹，她上周日参加教堂活动。我们安排她下一周周日在水晶跳水池受洗。"

我问："你决定不告诉我？"

托什说："你决定不告诉我？"

妈妈看着我们两个。"你们的关系建立在谎言上吗？也许你们要想一想了，我们把这杯干了，我送你们回家。"

托什问："这就是你叫我们两个出来的原因？"

"从我到家起，我就看到玛雅伤心到崩溃、哭泣。现在，我明白了。"

托什问："那你准备怎么处理？你会在谁的屁股底下点一把火？"

她说："你准备好了吗？我要买单了。"

托什说："我们会叫出租车。"

我站起来，跟着她，但是妈妈说："不，宝贝，

你做你丈夫希望你做的事，但你要思考一下你的
处境。"

　　当她走去收银台时，我坐回到托什身边。

第十九章

妈妈和我坐在厨房的桌子旁喝咖啡，这时，托什和盖伊打完棒球回来。我备好了晚餐，铺好了桌子。妈妈告诉我，她有个约会，就不留下来了。她同托什和盖伊打招呼，说她愿意周六晚上带我们出去吃饭。她知道一家俄罗斯餐厅，供应罗宋汤和加蘑菇、酸奶炒的牛肉。她相信我们会喜欢。

托什感谢她的邀请，但说他不能来。他的声调告诉她，他不愿意来。妈妈爽快地答应他"好吧，好吧"，然后亲过我和盖伊，离开了。

我问："托什，你为什么不能一起去晚餐——你要做什么？"

"我认为，我们跟你妈妈见面的次数太多了。"

我没有答话，因为我不愿意在盖伊面前争执。不止如此，真相是，我也不知道说什么。

盖伊和我去俄罗斯餐厅吃晚餐，妈妈决然不提托什，但他无处不在。

盖伊问："爸爸为什么不来晚餐？"

妈妈看着他和我："托什什么时候成为他爸爸了？"

我说："他们俩决定的。"

"我明白了。"（这表明她不明白。）

婚姻的光芒黯淡了，好似日落西山。起初，微暗不易察觉，后来可见但不告急。再后来，亮光很快被黑暗吞噬了。当我不再愿意和我丈夫亲热、不再有心烹饪精美食物时，我意识到我对婚姻丧失了兴趣。当音乐失去了点燃我情绪的能力时，我不得不承认，我想要的，我没有得到。我想要一间我自己和我儿子的公寓。

托什告诉我，当我解释说我想念我的朋友、想念舞蹈课，希望有提及上帝、耶稣和信仰的自由而不被拒绝、不会引发争执时，他表示理解。我不喜欢他强迫我去违背我的基本信念。

托什对于我的离去如此镇静，我相信他和我一样释然了，我们的婚姻走到了尽头。

盖伊得知我们分手的消息极为崩溃。大约有一年的时间，他一直生着气，我发现不可能跟他解释我们的婚姻被什么磨灭了。贝利也很难理解为什么我会舍弃婚姻生活带来的安全感。

他认为自己知道我该做什么。"你所有该做的，就是去跟托什的朋友交朋友，或者带人进入你们的生活，让托什确信他们首先是他的朋友。"

那些不是我能用的解决方法。

盖伊继续心烦意乱。在一个家庭里，如果父母结婚的时间有孩子一生那么长，那么离婚可能是一件痛苦的事情。然而，如果当婚姻只有三年，孩子在他父亲缺席四年后找到了第一个爸爸，那么这时离婚是一件恐怖的事情。在盖伊小时候，他认为，末了，他至少可以像其他孩子一样；末了，他会有一个妈妈和一个爸爸，住在同一间房子里；末了，有一个人在他喊爸爸时会大声回应。

分开后，我们搬进了一间小小的有两间卧室的公寓。我7岁的儿子常常自己哭着睡去，特别可怜，以至于我也在自己的卧室里独自哭泣。

我向妈妈报告了我们的境况，她没有提醒我她之前曾说过这样行不通。

"正常的，"她说，"虽然这很痛苦。想象一下，如果你允许托什把你做人的感受夺走，那么盖伊可能会失去他最需要的人——他的母亲。为了你自己考虑，你必须保护你自己，为了盖伊考虑，你也必须保护他的妈妈。"

我找工作，恢复舞蹈课，重新与梅尔罗斯唱片店里的朋友建立关系。我的生活又蹒跚地走上了一条平坦的大道。

第二十章

妮娜（Nina）是一名脱衣舞者，我在舞蹈课上遇见她。她告诉我，她想成为一名正式的舞者。此时，她每星期在一间脱衣舞夜总会挣 300 美元。她听说我离婚了正在找工作，建议我在她工作的俱乐部试试。于是我坐在了波纽特舞蹈俱乐部黑暗的后排，看着女人们一个接一个登上舞台，滑过地板，脱下一件件衣服，用她们的屁股和胸部做出暗示性的动作。文胸被取掉，乳头上覆盖着闪光的装饰片，然后停下来，拍着她们贴着闪光片的丁字裤。男性观众占绝大部分，吵吵闹闹，最后她们向观众鞠躬，离开舞台。

因为跳脱衣舞对于我来说就像嚼口香糖一样简单，所以我想我不应该不假思索地拒绝一个工作机会。我知道我不想以脱衣舞娘闻名，但是每周300美元的待遇还是很诱人的。我打电话给妈妈，告诉她我的两难处境。

她来到我的新公寓，说："我给你做一套演出服，你来编一支舞。如果采用苏丹情人谢赫拉莎德（Scheharazade）的主题，你可以用杜克·埃林顿（Duke Ellingtin）的《摩洛哥之夜》（*Night in Morocco*）。要知道如果你不打算脱下你的戏服，你就必须穿得短小而暴露，这样观众才会满意，因为他们几乎可以看光你。就是这样，你不要光着身子在台上摆姿势，你一定要真正地跳舞。"

妈妈和我去了戏服商店，我买了丁字裤和薄纱文胸，又买了焦炭羽毛、闪光装饰片和玻璃小珠子。妈妈比我稍懂一点缝纫。我们把闪片、珠子和羽毛缀满了丁字裤和文胸。

我雇了一个名叫罗伊的刚果鼓手，他在社区中心为舞蹈课打鼓。我为波纽特俱乐部的一个观众做着准备。在后台，我脱去衣服，用 Max Factor 9 号粉底狠狠地拍打身体。我没有疤痕，但是化妆品让我感到很有戏剧感，我穿上短小暴露的戏服，乐手罗伊坐上舞台的高脚凳，暗示一起，他就开始演奏刚果鼓。

我，赤脚，几乎裸体，呼喊"大篷车"，跺击着地板。我开始跳舞，感性地、粗暴地、缓慢地。我让音乐拉着我穿过地板，我跟上拍子，跳得更快。再一次，我呼唤"大篷车"。我跳得更快，晃动、摇摆、颤抖。我慢了下来，跳了大约 10 分钟，一次又一次慢下来，回到缓慢的感性的晃动。用一种舞台上的大声私语，我喃喃道，"大篷车"，然后走下了舞台。

老板给了我这份工作，他问："你叫什么？"

我说："丽塔，跳舞的窈窕小姐。"

当我跟妈妈汇报结果时，她很高兴，说："我不惊讶。在这个世界上你会走很远，宝贝，因为你敢于冒任何险。那是你必须做的，你准备做到你所知道的最好，而且，如果你没有成功，你也知道，你该做的就是再试一次。"

# # #

几位受欢迎的旧金山专栏作家写了有关我在波纽特舞蹈俱乐部的表演，文章揭示了我对观众的策略。脱衣舞者和摇摆舞者常常迫使顾客买他们的饮料，假装他们点的饮料真的含有酒精。而我告诉客人，如果他们买我一杯饮料，俱乐部会提供我汤力水或干姜水，我也会获得他们花销的一部分提成，但是如果他们买一瓶低端的香槟（20 美元一瓶），我会从每瓶中获得 5 美元。专栏作家补充说，我在另一个方面同样独特——我确实在跳舞。

旧金山人开始顺道来波纽特舞蹈俱乐部，他们挤满了场地，会为了我 15 分钟的那部分表演，给我买饮料。他们会点便宜的香槟，但对脱衣舞者充耳不闻。我既不世故也不俗气地让他们觉得我很聪明。一群男人和一个女人，开始成为常客，那个女人有长长的金发，抽着一支带烟嘴的香烟，我觉得她说话像塔卢拉·班克赫德（Tallulah Bankhead）。男人们穿着昂贵的休闲装。我对他们的到来和我们之间的谈话开始习以为常。

他们很诙谐，非常容易交流。真是这样，他们嘲笑我，但是他们也嘲笑他们自己。他们邀请我在夜班结束后去他们的紫色洋葱俱乐部，看乔丽·瑞摩斯（Jorie Remus），那个金发抽烟者，在那里是明星。

我告诉他们，我有一个7岁的儿子，我下班后要和他在一起。其中的两位贝瑞·德鲁（Berry Drew）和唐·科瑞（Don Curry），答应我可以带盖伊一起来。他们安排我们坐在一个角落里，我开始每周都去。盖伊和我会先在一家很好的餐厅吃晚饭，然后我们在紫色洋葱看秀，再回家。

旧金山是娱乐从业者的中心，在这里他们会变得世界闻名。像莫特·赛赫勒（Mort Sahl）、芭芭拉·史翠珊（Barbra Streisand）、菲利斯·迪尔勒（Phyllis Diller）、金斯顿三重唱（The Kingston Trio）、乔什·怀特（Josh White）、凯蒂·莱斯特（Kitty Lester）和奥迪塔（Odetta）都在歌手和演员之列，他们填满了波西米亚风格的夜总会。

一天晚上，我受邀去贝瑞·德鲁的公寓晚餐，谈话内容全是讥讽和取笑乡村歌手。

我问他们是否听过卡利普索这种音乐，如果他们听过，他们是否知道卡利普索就是乡村音乐。我提醒他们蓝调、圣歌、福音歌曲都是乡村音乐。我唱了一首我知道的卡利普索歌曲中的几段，他们开始鼓掌。

乔丽问："那些歌曲你知道多少？"

我说："很多。"

她问贝瑞："你知道我在想什么吗？"

唐、贝瑞和其他所有人都大叫："你去纽约时，玛雅应该取代你在紫色洋葱的位置。"

他们告诉我，我会取得耀眼的成功。他们甚至开始计划我的首秀。

我和妈妈反复讨论这件事。

她问我对唱歌是什么感受。

我承认，我很紧张，我只在教堂唱过歌。

她问，如果我彻底失败会怎么样。

"他们会解雇我。"

妈妈说："他们也找不到什么好的。就像上次，你只是在找一份工作，再说教堂就在那里，什么时候想去，还可以去唱。"

我的朋友们带来了一位教练，劳埃德·克拉克（Lloyd Clark），为我挑选歌曲、编写动作。我和一支三人乐队排练，每次都把盖伊带去。在波纽特舞蹈俱乐部跳了4个月的肚皮舞后，我在紫色洋葱作为开场明星，唱卡利普索。我挣的钱从每周300美元涨到750美元。

# # #

紫色洋葱的宣传广告宣称，明星玛雅·安吉洛是瓦图西人，出生在古巴，唱卡利普索。妈妈笑到泪水滑落脸颊，她说，她从来没有遇到过一个瓦图西人，也从来没有去过古巴，但是她可以发誓，我是她的女儿。

"我知道我在说什么，你出生的时候，我在那儿。"

开幕夜，我妈妈、洛蒂阿姨、哥哥、伊凡和新朋友们都在那里，还有盖伊。我精神高度紧张。妈妈和我设计了我的服装，让她的一位朋友做了出来。

托什告诉过我，他的名字原来叫艾尼斯特斯亚斯·安吉洛斯（Enistasious Angelopulus）。当希腊人缩短他们的名字时，他们把男孩的名字用 os 结尾，女性的名字以 ou 结尾。虽然托什和我离婚了，但我保留了"安吉洛"这个名字，因为我喜欢它的音调。

紫色洋葱挤满了人。贝瑞·德鲁用他激动人心的声音说："现在，来自古巴哈瓦那的玛雅·安吉洛女士，将演唱卡利普索。"

我赤脚穿着奇异的拖地衣服，走上舞台，开始演唱《奔跑吧，乔》。我只唱了两行，我儿子就从后台跑了上来跟我一起唱，他即跑调又大声："奔跑吧，乔。"妈妈、哥哥、伊凡、贝瑞、丹，所有人都冲向盖伊。妈妈用手捂住他的嘴。观众笑了，我也笑了。我请乐手们重新开始。

妈妈的自豪溢于言表，她带来了麋鹿和东方之星的伙伴（非裔美国人秘密妇女组织），她带来了商船队的海员们，她和他们一起航行，他们简直把我当成了莉娜·霍恩（Lena Horne）或是玻尔·贝利（Pearl Bailey）。

　　妈妈说："现在你将看到世界的一部分，你将向世界展示你正在做什么。"她对自己的打趣话忍俊不止，而我则为我想象中的未来绽露笑颜。

第二十一章

《波吉和贝丝》（*Porgy and Bess*）的一位制作人跟我通电话，给了我一份参演歌剧的工作。他说斯波廷'莱弗（Sportin' Life）女朋友露比的角色空缺，因为我能唱会跳，所以邀请我扮演。我打电话给妈妈，告诉了她这个工作机会。问题是这部音乐剧会到欧洲巡演，我想去，但我不想留下盖伊。

"你不能拒绝去欧洲看看的机会。洛蒂阿姨和我会照顾盖伊。"

但我担心盖伊会认为我出走，丢下他。

她说，迟早我会离开他，不可能永远让他跟在我屁股后面。至少这次，他留下会得到很好的照料。

我让盖伊坐在厨房里，解释说我将离开几个月，但他会同外婆和洛蒂阿姨住在一起，每个星期我会寄钱来，这样他能得到一切他想要的。我告诉他，像他这样的一个小男子汉，必须长大。

几个星期后，当我把行李交给出租车司机时，我们俩都忍住了眼泪。但我在门口拥抱他时，他开始哭，因为他已经开始想念他的妈妈了。

我登上了飞往纽约的飞机，行李里装满了我最好的衣服和足够持续一年的自责。

\# \# \#

《波吉和贝丝》以演员阵容为傲，他们拥有非裔美国人的顶级歌剧嗓子。当我加入时，利昂泰恩·普莱斯（Leontyne Price）、威廉·沃菲尔德（William Warfield）和卡布·卡洛维（Cab Calloway）在团队里已经有号召力了。我跟演员们交了朋友，他们在 6 个月里教给我的有关音乐的东西，比我一辈子学的都多。

我开始熟练掌握法语和西班牙语。每天晚上，剧院大幕落下后，我就在欧洲的夜总会唱歌。白天我教舞蹈，在巴黎、在以色列特拉维夫哈比马剧院、在意大利罗马歌剧厅。

我过得很快乐，但对盖伊的思念不时抽打着我的心。一方面，我在剧场世界里赢得了一席之地，但另一方面，当我给旧金山的盖伊打电话时，我们都会抓着电话落泪啜泣。

我知道如果我这么思念盖伊，那么他会更思念我。我足够成熟，明白很快我就能见到他，但我知道，他有时一定会想，他再也见不到他妈妈了。在阿肯色没有妈妈的那些年，我懂得了见不到父母时，一个孩子会多么失落。

虽然我是飞去加入《波吉和贝丝》的，但内疚感让我害怕飞回来——想到如果飞机掉下来，我的儿子长大后就会说："我从来不了解我的妈妈，她是一个演员。"

我从那不勒斯乘船去纽约（9天），又从纽约坐火车到旧金山（3天3夜），最后终于到了富尔顿街。重新团聚比俄罗斯小说的戏剧性还要强，我用手臂环抱着盖伊，他在我的胸口抽泣。

"我向你发誓，我再也不离开你了。如果我要走，无论我去哪儿，都会带你一起走，要么我就不走。"

他在我的胳膊里睡着了，我抱起他，把他放在他自己的床上。

第二十二章

在妈妈大房子的顶楼住了一个星期后，焦虑又紧紧抓住了我。我开始确信，在一个存在种族歧视的社会里培养一个快乐的黑人男孩，即便有这个可能，也是十分困难的。

一天下午，我正躺在楼上客厅的沙发上，盖伊走了过来。"你好，妈妈。"我看着他，突然有一种冲动，想抱起他，打开窗，跳下去。我提高嗓门说："滚，现在就滚，立刻滚出这个房子。滚到前院去，就算我叫你也不要回来。"

我打电话叫了一辆出租车，走下台阶，看着盖伊，说："现在你可以进屋了，请待到我回来。"我告诉司机载我去兰勒·波特（Langley Porter）精神科诊所。

当我走进办公室，前台人员问我是否预约了。我说："没有。"她面露遗憾："我们没法接待你，除非你预约了。"我说："我必须见一见谁，我正打算伤害自己，也许还会伤害别人。"

前台人员语速飞快地打了个电话，她对我说："请去见萨尔西医生（Dr. Salsey），大厅下楼，右手边，C房间。"

打开C房间的门，我的希望破灭了。书桌后面坐着一个年轻的白人男人，他穿着布鲁克斯兄弟牌套装、一件领尖订有纽扣的衬衫，他的脸沉静中带着自信。他迎上来，让我坐在书桌前面的椅子上。我坐下来，再抬眼看他时，就泪如雨下。这个享有特权的白人男人怎么可能理解一个黑皮肤女人的心？——她被愧疚整出病来，因为她把小小的黑皮肤儿子留给别人抚养。每一次我抬头看他，泪水就会冲刷我的脸。每一次听到他问"怎么了，我怎么才能帮到你"时，我都快被自己的无助感逼疯了。最后，我终于能调节好自己，于是站起来，谢了他，推门走了出去。我向前台致谢，问她是否能帮我叫一辆出租车。

我径直去了我的声乐老师那儿。他是我的导师，是除了贝利之外，唯一一个我可以敞开心扉的人。我上楼到弗雷德里克·维克逊（Frederick Wilkerson）录音室时，听到一个学生正在做发声练习。威奇（Wilkie，人们这么称呼他）喊我去卧室。

"我给你弄点喝的。"他离开学生，带了一杯苏格兰威士忌给我。我喝了，虽然那时我并不好酒。酒精让我睡着了。醒来时，录音室没有声音了，我走了进去。

威奇问我："怎么了？"

我告诉他，我要疯了。

他又问："到底怎么了？"他没有听懂我的话。我心烦意乱："今天我想自杀，并且想杀了盖伊。我告诉你，我疯了。"

威奇说："就坐在这个桌子边，这是一本黄色便签和一支圆珠笔，我希望你写下你的感恩。"

我说："威奇，我不想谈那个，我告诉你，我要疯了。"

他说："首先，把我说的话写下来。写下来并且想一想，全世界数以百万计的人听不到唱诗班的合唱、听不到交响乐、听不到他们自己宝贝的哭声。写下我能听见——感谢上帝。然后写下，你能看见这本黄色便签，想一想世界上数以百万计的人看不到瀑布、看不到花开、看不到他们爱人的脸。写下我能看见——感谢上帝。再写下你能阅读，想一想世界上数以百万计的人没法读每日新闻、没法读家书、没法读繁华街道上的停车标志，没法……"

我跟从威奇的指令，当我写到黄色便签第一页最后一行时，疯狂的心魔被赶跑了。

我捡起笔，开始写。

"我能听见。

我能说话。

我有一个儿子。

我有一个妈妈。

我有一个哥哥。

我会跳舞。

我会唱歌。

我会做饭。

我会阅读。

我会写字。"

当我写到这一页的最后时，我开始感觉好蠢。我活着，很健康。我究竟有什么好抱怨的？在罗马的两个月，我说我想拥有的一切，就是和我儿子在一起。而现在，我能在这个想法冒出来的任何时刻，拥抱他，亲吻他。我到底在发什么牢骚？

威奇说："现在写，'我是有福的，我很感激'。"

那次练习之后，无论我的白天是暴风骤雨还是艳阳高照，我的黑夜是辉煌荣耀还是孤独寂寞，我都保有一种感恩的心态。我生命的航船可能行驶在平静的海面上，也可能波涛汹涌。我活着的富有挑战的日子可能光明而充满希望，也可能暗无天日。但从那次冲突开始，如果负面情绪坚持占据我的脑海，我总是记得，还会有明天。而今天，我是有福的。

第二十三章

在洛杉矶，我开始在宇宙后巷夜总会唱歌。我遇见了伟大的诗人兰斯顿·休斯（Langston Hughes）和小说家约翰·基伦（John Killen）。我告诉他们，我是一个诗人，我想写诗。"你为什么不来纽约？"约翰·基伦问。他补充说："来看看你是不是个真正的作家。"

我认真地考虑了这个邀请。

我想儿子16岁了，我们可以搬去纽约，那会很不错，我将成为一名作家。我年轻而又天真地认为，如果我这么说了，它就会实现。

我打电话给妈妈："我打算去纽约，我想你来贝克斯菲尔德或弗雷斯诺看我。我只是想在我离开西海岸之前和你待一会儿。"

她说："哦，宝贝，我也想见你，因为我要出海了。"

"去干什么？"

"我打算去当一名海员。"

我问："为什么，妈妈？"她有房地产从业执照，她当过护士，她拥有一个赌场和一间旅馆。"你为什么想出海？"

"因为他们告诉我，他们不会让任何一个女人加入他们的联盟。他们暗示联盟肯定不会接受一个黑人女人。我告诉他们'你们想打赌吗'？我要把我的脚插到他们的门里，让门开到我屁股的位置，直到每一个女人都能加入那个联盟、能够登船出海。"

她真的会说到做到，对此，我深信不疑。几天后，我们在加利福尼亚弗雷斯诺一家新开张的酒店见面，这家酒店准许各种族入住。她和我差不多同时抵达停车场，我拿着行李箱，妈妈说："把它放下，放在我车子边上，把它放下。现在过来。"

我们走进酒店大堂。即便是这样一家新的种族融合的酒店，人们看到两个黑人女人进来，还是挺惊奇的。

妈妈问："行李员在哪里？"一个人走上前来。她说："我女儿的包和我的包在外面黑色道奇车的旁边，请把它们拿进来。"我跟着她走到前台，她对工作人员说："我是约翰逊太太，这是我的女儿约翰逊小姐，我们预订了房间。"

工作人员盯着我们，好像我们是从丛林中来的野生物种。他看着他的本子，发现我们真的做了预订。妈妈拿过他给的钥匙，跟着提包的行李员走向电梯。

上楼，我们停在门口，她说："你可以把我和我宝贝的行李留在这里。"然后她付给那个男人小费。

她打开包，在她衣服上躺着一支 38 式左轮手枪，她说："如果他们没做好种族融合的准备，我预备给他们好看。宝贝，你要尽量为你进入的各种处境做好准备。不要做任何你认为错的事情，只做你认为对的，然后准备好为这个行为承担后果，甚至付出你的生命。要明白，你说的每件事都是'两次谈话'，那意味着你在密室里可以说，同时你也准备好到市政厅的台阶上说。每个人都有 20 分钟去吸引听众。你做的事不是为了制造新闻，而是让人们知道：你的名声是你的骨头，你永远准备着为你的名声背书。不是每一个不利的处境都能被暴力威胁解决，相信你的大脑会提出解决方案，然后用勇气去贯彻执行。"

# # #

"如果你能在纽约成功，那么你能在任何地方成功"，这番话的内在挑战没有吓住我或我儿子，不过我们搬去的是布鲁克林，不是纽约城。

我在布鲁克林找到一间双卧室的房子，盖伊去附近的高中读书。我在纽约城的夜总会唱歌，盖伊在布鲁克林一家烘焙坊找到一份放学后的工作。他给我一部分他的薪水和一部分别人给他的烘焙点心，我们过着没有结余的奢侈生活。我开始和艾比·林肯（Abbey Lincon）、麦克斯·洛奇（Max Roach）一起写歌，并加入了哈莱姆作家行业公会。

护花使者很多，也很令人满意。然而，为了保持盖伊对我的尊重，我从来没有允许任何人在家过夜。如果和一个朋友在外面夜宿，我总会设法在黎明前到家。我学习写作，归功于哈莱姆作家行业公会成员的鼓励和指引。

在布鲁克林住了一年后，我感觉自己能迎头直面纽约城了。中央公园西面一间公寓空出来，我租下了它，盖伊和我（和朋友们）把我们的家具搬到一辆面包车上，迁去不眠的纽约城。

我刚在纽约安顿下来，妈妈就过来看我。我为她准备了一顿晚餐，她对我的公寓和朋友很赞赏。她去盖伊的学校见了校长，很满意盖伊在对的时间到了对的地方。

我成为比尔·莫耶（Bill Moyer）电视节目的嘉宾之后，同罗萨·盖伊（Rosa Guy）和我妈妈一同被邀请参加他的长岛私家派对。一辆加长豪华轿车停在我们公寓外面，妈妈和我上了车，向坐在车里的乘客做自我介绍。这人是比尔·莫耶电视台的雇员。

豪华轿车带我们去了罗萨·盖伊在环河路的房子。这栋公寓房子早年以优雅精致闻名，但是毒品交易分子占据了对街的公寓。导致那些曾经的门厅装饰不见了，地毯和沙发被偷走，邮箱也被肆意破坏。

当豪华轿车停靠在房子前面时，妈妈问："罗萨公寓的号码是什么？我去接她。"她叫我们车里坐着的伙伴跟她一起去。

我说："不，妈妈，我去，你留在这儿。"

她坚定道："不，不，我去。我说了我进去。"她对着坐在我边上的男人又说了一遍："你跟我来。"

我觉得，比起哈莱姆区凶兆毕现的公寓楼，他更害怕我妈妈。他们走进简陋的大厅，找到电梯，妈妈按下6楼的按钮，但是电梯下行，到了地下室。门打开，一个男人进了电梯，看着这个娇小的黑人女人和一个小个子白人男人，问："你们要走多远？"

妈妈拍着她的皮包，说："我一路走到这儿来，还要一路走下去。你要走多远？"

这个男人在一楼下了电梯。

第二十四章

《波吉和贝丝》将被制作成一部电影，由黛安妮·卡洛尔（Dianne Carroll）扮演贝丝，西德尼·伯蒂埃（Sidney Poitier）扮演波吉。

奥特·普雷明格（Otto Preminger）是导演，他看到我6英尺高，而饰演斯波廷'莱弗的小塞米·戴维斯差不多5.3或者5.4英尺高，就叫编舞爱马仕·潘（Hermes Pan）为我们编一支舞。

在加利福尼亚拍片的那段时间，我和尼歇尔·尼科尔斯（Nichelle Nichols）成了朋友。这位女演员后来成为《星际迷航》（*Star Trelc*）的乌胡拉上尉。自从我们一起度过了一个长周末，她的绅士朋友就和我的绅士朋友成了好伙伴。我们靠近旧金山，于是我邀请他们南下到我从小长大的旧金山，让我炫耀一下我的城市。他们接受了我的邀请。

我打电话给妈妈，说我想带三个人来，把他们介绍给她，我们打算体验一下旧金山。

"哦，宝贝，就这么干吧，亲爱的，来吧，先回家，来吧。"

我们到了富尔顿街的妈妈家。介绍完毕，她给我们拿饮料。我们出门去玩时，妈妈说："两点半左右回来，不要晚于这个时间，我会给你们煎蛋饼或薄饼。回来就行，告诉我你们所有的开心事。"

我们在旧金山玩得非常开心，回到妈妈家，她端出放着煎蛋饼的平底锅和一瓶冰香槟。剧院演出后，我们和她一起吃宵夜。妈妈带尼歇尔和她的经纪人去看他们的住处，又告诉我的伙伴可以睡在哪里，然后她问我："宝贝，你愿意和我睡吗？"

我说："当然。"

"我给你放洗澡水。"

我洗得很享受，当我走进她的卧室时，她已沉入梦乡。没想到我一上床，她就睁开眼对我说："宝贝，拨这个号码，叫托马斯先生听电话，说这是长途，找克里夫·托马斯（Cliff Thomas）。"

我拨了号码，一个女士的声音："喂？"

我说："早上好，这是长途，请叫克里夫·托马斯先生听电话。"

电话里的声音开始大叫："婊子，你知道这不是长途。"我挂断了电话。"妈妈，那个女人说……"我重复了那个女人的话。

"那个婊子养的，他在他老婆那儿。"

"他还应该在什么地方？"

"不是，他们都离婚三年了，他和我在一起至少两年了，现在我知道他想回到她那儿去。我问过他'你想回她那儿？不要对我说谎，你想回去吗？'他说'不、不'。昨天，我开车路过她家，他的车停在她的车位上。我想知道他在那儿干什么，他为什么对我撒谎。"

我说："哦，妈妈，没事的，不要担心。"我抱着她，抚摸着她的肩。"你知道这没什么，我知道你会解决的，冷静。"我一直喃喃细语着，把自己弄睡着了。

一个男人低沉的声音叫醒了我，"谢谢你玛拉小姐，哦，谢谢玛拉小姐，哦，哦……"，男人正在哭泣，"哦，哦，哦……谢谢你，玛拉小姐"。

我在床上坐起来，一个大个子男人跪在床脚边，我妈妈站在那儿，手里拿着一个纸袋。男人在哭，他吓尿了，弄得浑身都是，甚至满屋子都是恶臭。

"先生，起来，起来，走开，滚。"

"哦，哦，哦……谢谢你，玛拉小姐。"他站起身，冲出门。我拿过纸袋。

袋子里放着一把鲁格尔手枪。"妈妈，你在干什么？"

"哦，宝贝，你不知道他们是如何对待我的。"

"好吧，显然他们这样对待你的时间不长。"

"你知道，他在那儿，如我所料，和他老婆在一起。"

"但是，妈妈，你怎么把他弄到这里来的？"

"嗯，你睡着后，我起床，又洗了个澡，用护肤霜擦了身子，穿上衣服。然后，我没有什么事情好做，所以我拿了钥匙，开车去了她家。我按响了门铃，她老婆开门时，我用枪指着她，说'我来这里是为了你老公'。"

她说，他就在这里。

走，进驾驶座，我让你们看看，为什么今天早上你们还活着。"

妈妈让他开车回她家，告诉他："进来，打开卧室的门，跪下，如果不是为了我的宝贝，我今天早上就把你一枪崩了，让你重新做人。"

当他离开后，我对妈妈说："你知道我带了朋友来这里，他们很看重我。而且是因为我邀请他们，他们才在这个房子里。尼歇尔·尼科尔斯和她的伙伴、我的伙伴都是人们熟知的艺术家，甚至非常有名，他们就要参加电影拍摄了。这对我公平吗？"

她走到我身边，说："宝贝，你知道，我没有对那个男人做任何事情，他是一个对我干了坏事的人。

167

你看，宝贝，你必须保护你自己。如果你不保护你自己，你就会像一个傻子一样需要别人保护。"我想了一小会儿，她是对的。一个女人需要在她向别人寻求支持之前，支持自己。

也许她该换一个机会来维护她自己和她的权利，而不是在我那些名人朋友在家的夜晚。但是她不会，她是薇薇安·巴克斯特。

＃ ＃ ＃

几年后的一天，上午 10 点左右，一位朋友带我去旧金山菲尔默尔街的一家美发店做头发。美发师很忙，问我能不能大约一小时后再回来。毕竟这是旧金山，街对面就有一家正在营业的酒吧。我朋友和我去了酒吧，调酒师看上去很熟悉。我们点了酒之后，我问我的朋友吉姆："你能帮忙问下调酒师的名字吗？"

吉姆问他："抱歉打扰了，你叫什么名字？"

"我叫克里夫。"然后，他看着我，"问她是不是认识我，我认识她母亲。"

　　然后，他直接对我说："你妈妈好吗，宝贝？"

　　我说："她很好，谢谢。"

　　他说："我在斯托克顿见过她，这个女人真是不得了。"他应该知道这一点。

第二十五章

妈妈来电，她的声音听起来失去了寻常的力量："我要见你。你能来旧金山待一周吗？我会支付机票钱。"

我不需要钱，但是我要确切知道她为什么那么紧急："你病了吗？"

"是的，但是我看了医生，一切会好起来的。"

"我明天会到。"

"你到了旧金山，不要回家，我正和一个生病的女人待在一起。"

"你身体不舒服，还要照料另一个人？"

"是的，但是这周末我会离开这里。来吧，宝贝，你到这儿后，就明白了。"

第二天傍晚，我在旧金山机场搭了一辆出租车，告诉司机载我去石镇公寓。我立刻知道我母亲的病人是一位白人女人，我从没听说任何一位黑人女性住在那些公寓里。

我一踏出电梯，妈妈就见到了我，笑容布满了她整张脸，她看到我好高兴，容光焕发。她接过我的包，带我进了公寓。我们坐在她的床边，她拍了拍我的脸和腿。她看上去不是十分强壮，不过任何让她痛苦的事情只会消耗她一点点精神。

"不要担心，我病得不重，但需要把我的财产清理一下。你哥哥明天从夏威夷过来。"

事情比我想的要严重，或者比她透露的要严重。

我问她关于她正在服务的那个女人的事，她说这个女人有三名护士，她们要连续工作三天三夜，有女佣每8小时一班，但护士是全天候的。这是我妈妈三天工作的第一天。

我问她的雇主怎么了，她说："医学上真的没什么，但是她几乎忘记了她所有的过去。她记得小时候的几件事，但是其他一切都忘了。她认为我是她的姐姐，她差不多 80 岁了。她是白人，有一点口音，我猜她是美国人。"

妈妈去厨房给我做了一个三明治。我们在桌边喝了一杯酒。她告诉我，第二天我醒来洗了澡后，就从过道下楼去客厅，她已经告诉女佣我来了，所以我只要简单地跟她打个招呼说"你好，苏珊夫人"就行。

第二天，我醒来时有点头晕，可能是喝的威士忌量有点多，或是残留的时差在摇晃着我的鞋子。

我走下过道，看见妈妈的白鞋子和长筒袜伸出来。她坐在沙发上，当我靠得更近时，看见一个矮个女人坐在我妈妈对面的沙发上。她头顶上满是胡乱溅洒的颜色，看上去就像是墙壁发疯了，我倒抽了一口气。妈妈跳了起来，走向我，牵着我的手。"这到底是什么？"当我转向妈妈，她头上那块的色彩也像发疯了似的尖叫着。我一生中还没有过那样的经历。我战栗着，妈妈握住我："怎么了？怎么了？"

173

我说不出话来。

小个子白人女人走过来，握住我的手，用耳语般的声音说："你好，亲爱的，我知道你是谁，你是我姐姐的女儿。她告诉我你来了，你是薇薇安的女儿。"她拍拍我的脸颊，我脱身出来，觉得自己真的失败了。

眼泪从我脸上滑落，我不知道为什么，我妈妈也不知道为什么，但是那个小小的女人说："哦，当然，我知道她为什么哭泣，是因为马蒂斯。"我看着她，然后看她头顶上方，有一幅马蒂斯作品，大约7英尺7英寸高。我妈妈坐的沙发上方有另外一幅，一样大小。所有的颜色，所有的动作，集中在如此狭小的空间，超过了我能接受的范畴。

女人说："这只是马蒂斯的作品，来，我亲爱的，过来。哦，薇薇安，不要害怕，她没事，这只是亨利·马蒂斯（Henry Matisse）作品的力量。"

这个女人牵着我的手，虽然我在颤抖，我还是让她带着我参观她的公寓。她有毕加索、马蒂斯、鲁奥的原作，各种大件的、重要的作品装饰着这间旧金山小公寓的墙面。她甚至有一座男子半身像，她拍着它说："这是利奥，他想娶我。他很友善，他来这儿，我很喜欢他，但是我没有说我愿意。毕加索为我做了这个，是利奥的半身像。"

我回到妈妈的卧室，想着我刚经历的事情。我在对艺术品有生理反应，我深呼吸，对此释然了。在我生命中第一次，艺术似乎发出了声调，我几乎可以听见艺术，好像它是一部交响乐作品的伟大和弦。

终于稍稍平静后，我走进厨房坐下。妈妈走过来，把我介绍给斯坦夫人（Mrs. Stein），我们一起坐下。斯坦夫人向我母亲解释说，有时艺术家看见其他艺术家的作品时，会有非常奇怪的反应。

"你女儿哭了，因为她是一位艺术家，她是我的外甥女，天生的，她非常非常敏感。"

我思考着这个女人的话，她遗忘了她一生绝大部分的事情，她忘记了她嫁给一个男人超过50年，但是她记得艺术。

我在那儿待了两天，然后去了妈妈家。

妈妈回来后向我解释说，斯坦夫人是利奥·斯坦

（Leo Stein）的遗孀，利奥是格特鲁德·斯坦（Gertrude Stein）的兄弟。他们住在巴黎，在 20 世纪早期收集伟大的艺术品。斯坦先生在和夫人回到旧金山后过世。

他们的儿子为母亲弄了一间公寓，受聘照看这里的员工都经过仔细挑选，有担保。斯坦夫人很大方，又丧失了记忆，动不动就把艺术品送给她的雇员。雇员们被告知要打电话给遗产执行人，报告收到的礼物。执行人会拿走艺术品，放到一边，但是她的儿子还是会让其余的艺术品留下，和他们的母亲在一起。

妈妈说，那是智慧和爱的表达。斯坦夫人的儿子知道，对他们母亲来说，墙上的艺术品比他们更真实，它们在公寓的存在让她确信：她存在，而且她的存在很重要。

第二十六章

斯德哥尔摩的冬天让人很难忍受，寒冷袭击身体，黑暗强暴灵魂。冬季，太阳尽力在上午 10 点前升起，下午 3 点的时候，又羞愧地回归黑暗。它在那儿休息，直到第二天大约 10 点时，再努力照耀大地。

我在斯德哥尔摩，因为我的一个电影剧本在那里拍摄，我为剧本写的音乐在瑞典录音室录制。

参演这部电影的明星是美国著名的舞台剧演员，一些电影演员也参与其中。

177

这部戏的主角是一位美籍非裔的夜总会歌手，她在欧洲广受赞誉，人物原型为厄撒·基特（Eartha Kitt）。扮演这个角色的女演员不是一名歌手，所以我为她写的音乐只是让她简单地用音调说话即可，很像雷克斯·哈里森（Rex Harrison）在《我的美丽淑女》（*My Fair Lady*）里念他的歌词。女演员来我纽约城的公寓感谢我让她得以成为主演，因为我写了简单的音乐，她不需要演唱。我也为男演员罗斯科·李·布朗（Roscoe Lee Brown）写了一个角色，但是不得不让另一个男演员来饰演，因为布朗正在拍摄一部主演为约翰·韦恩（Jonn Wayne）的电影。

我去斯德哥尔摩见导演和电影剧组。坐在酒店大堂时，一个年轻的美籍非裔男人看见我，跑了过来。他跪在地上道："玛雅·安吉洛，你真的太棒了，你就是我们的莎士比亚，谢谢你给我的这次机会。我会做好的，你会为我感到骄傲。"

我对他说："请不要跪着。有时，一些人把另一些人高高地放在座位上，只是为了把他们看得更清楚，更容易打落他们。"我说："起来。"

"不，我想让你知道，我认为你是我们的莎士比亚。"

我说："哦，请不要这样。如果你还是跪着，我也会跪下；如果你趴着，我就躺在地毯上。"幸运的是，他信了我，站了起来。

演员和剧组工作人员到齐了，被选中的是一位瑞典导演。我陪着他寻找场地，开始拍摄。如剧本所写，这个明星是一位真正的光芒四射的女王，她的妆容专业，佩戴的华贵假发在她的脸庞浮动。随着故事进展，她会时不时去掉假发，她实在太好看了。在她的假发之下，她的发型是黑人的辫子头，一种美籍非裔女人经常梳理的式样。没有一个瑞典美发师知道如何编辫子头，我不得不一早去现场给明星编头发。我很感激有这样的机会，让我能够看到电影是怎样制作的。我生出了一个新的雄心，我想当电影导演。于是每天我早早地去片场，去学更多的东西。

到了第三个星期，我开始理解灯光架设，看到摄像机如何切换去覆盖场景。在 1972 年，我不知道美国哪里有地方，可以让一个 40 岁的黑人女性学习电影制作。我很幸运，这碰巧发生在我身上。

第四个星期一开始，这位明星告诉导演，我在现场时，她很紧张。如果她紧张了，就没法演戏。她很抱歉，但是她不愿意我在现场。从来没有握过黑人手的导演，在密西西比和北海之间受到两面夹击，于是他要我到现场只是给她编辫子，然后离开。

下一个星期，扮演我写给罗斯科·李·布朗角色的男演员决定，他不得不回纽约，他要回家，因为他声称公司为明星提供了真的珠宝，而他们只给他锆石首饰。他说，他不会再来瑞典，像二等公民一样被对待。我去了他的酒店，在他的套房，发现他和许多瑞典朋友在一起。他打包的行李在过道上。

我对他说："请问你在干什么？你明白我们拍摄了四个星期，这是第一次黑人女性的剧本被大公司采用投拍。我们负担不起派另一个男演员来演那个角色。你说过你想演。"

"你究竟认为你是谁，莎士比亚？"

我压低了嗓子："我能和你在你卧室谈一下吗？"

他抬眼，朝他的朋友们扮了个歪斜的鬼脸，然后同意进卧室。一关上门，我就跪下了："我在做一件非常危险的事，我向你下跪。"我说，"求求你，我请求你考虑一下"。他告诉我，我只有做性交易才行，否则不可能办到。

我站了起来，变成了薇薇安·巴克斯特。我说："谢谢你这头蠢驴！现在我会日日夜夜不睡觉，我要重写你这个角色余下的剧本，我会让你被一辆瑞典公共汽车碾过。我发誓当你死的时候，我会让观众鼓掌。"

他很快清醒过来："听着，我不是那个意思，玛雅，我只是想看看你有多想让我参演。"他走出去，到过道提了他的行李，把它们放回了卧室。

我回到我的酒店，打电话给妈妈，我没有用女士或者母亲的称谓。"妈妈，我需要妈妈的照顾，我现在就需要。我寄给你一张支票，你一收到，就请订一趟航班，飞来斯德哥尔摩。"

她说："宝贝，如果今天有飞机从旧金山飞瑞典，我一定在上面。你明天一早在斯德哥尔摩机场接我。"

　　我知道如果她说来就真的会来。 11 点，我叫电影制片人之一的杰克·乔顿 (Jack Jordan) 陪我去斯德哥尔摩机场。我们在机场酒吧边等边喝，直到最后，杰克不得不被送回他的宾馆。

　　我坐在机场里，等着我的母亲来用慈母的爱照料我。飞机终于抵达了，我走到一处，在那里能看见我娇小的母亲，穿着她的高跟鞋倾斜着走下台阶，她穿着典型的薇薇安·巴克斯特套装，披着她的紫貂皮披肩，钻石闪烁着光芒。我朝她挥手，她朝我挥手，带着一点军礼的意思。她一通过边检，我们就抱在一起。

　　"让我帮你提行李。"

　　"不，叫别人提，顺便帮我们看管一下。你带我去酒吧，我看得出你知道在哪里。"好吧，当然，我带她去了酒吧。我的母亲对调酒师说："无论我女儿需不需要，给她一杯威士忌加冰，我也要一杯威士忌加冰。你有什么喜欢的，就给这个地方每人一杯。"

　　我那聪明的、迷人的、经验丰富的母亲坐回她的高脚凳，像平常一样，她掌管一切。她转过来，直接面对我："宝贝，我告诉你：比起一个季节，一匹马更需要一条尾巴。"那到底是什么意思？我找她，是因为我极度需要她，可她带着令人完全迷惑不解的智慧来到这里。我请求她："请再说一遍。"

"比起一个季节，一匹马更需要一条尾巴。你看，一匹马如果认为夏天过去了，它就可以去掉缠在它屁股后面、它甚至没有见过的附加物，那就是十足的蠢货。如果马活着，春天到来时，苍蝇就会回来骚扰马。当苍蝇围着马的眼睛和耳朵团团转时，马会为了一分钟的安宁给出一切。

宝贝，现在他们对待你好像你是一条马尾巴。让我来告诉你你不得不做的一切，就是把你的工作完成。如果这些人活着，他们会回到你这里。他们可能忘记了他们对你有多恶劣，或者他们可能假装忘记了。但是瞧着，他们会回到你这里。同时，妈妈在这里，我会照顾你，我会以任何你说的方式，照顾任何一个你说需要照顾的人。我在这里，我把自己的全部带给你，我是你的妈妈。"

我另租了一间公寓，这样我们能舒服些。整个电影拍摄期间，我都和妈妈待在一起。

　　每天早上，我去片场给明星编辫子。在我完工之前，剧组不开工，他们既不会挂灯，也不会安排摄像机，导演和演员沉默地站在一起，直到我离开。

　　妈妈来了之后的前几天，我用所有的控制力不让眼泪掉下来，慢慢地，我承认妈妈的存在给了我力量。当我穿过附近的小草坪到我们住的楼房时，我会看见妈妈站在窗边，手里拿着一个杯子，脸上挂着大大的微笑。我会搭乘玻璃电梯上到她的楼层，妈妈会用一杯冒热气的咖啡迎接我。

　　每天早上，她说同样的话："嗨，宝贝，进来，给你咖啡和一个吻。"有她在那儿吻我，给我咖啡，让我感觉自己像一个小女孩，被准许坐在她的大腿上。她抚摸着我的肩膀、我的背，低声耳语，我不再为自己感到难过。妈妈知道商店在哪里，有时，她会让我陪她在周围逛逛，她自己找路。她问有没有什么讨人喜欢的演员，我说有的，她说我可以邀请他们。

　　妈妈做了炸鸡、土豆泥、绿叶蔬菜、卷心菜或甘蓝，她总是会买一个甜品，酒吧间也一直藏品丰富。她是一个健谈的人，会逗我的朋友，就像他们是她的朋友似的。我母亲令人难以抗拒（当她想这样的时候），当她想让人喜欢她时，每个人都会爱上她。

我留意到，过了一阵，在片场，人们开始对我不一样了。起先，总有些奇怪的事情。当我给明星编辫子时，她开始更频繁地对我微笑。那个威胁要逃跑、让我们受挫的男人回来说，我是一个多么伟大的作家，他有多荣幸。我开始好奇，什么让他们发生了改变。我没有对他们做任何不寻常的事，他们没有获得加薪，他们拍摄电影的时间没有被缩减。

一天早上，我正要离开时，导演说，我再也不需要离开片场了。发生了什么？他们为什么改变了对待我的方式？我开始意识到，那是因为我有一个妈妈。我的母亲在人前人后夸奖我，但更重要的是，无论他们遇见她还是只是听说她，她总是和我在一起。她在我的背后，支持我，这就是妈妈的角色。那次探班，让我第一次真的看清楚了，为什么一个妈妈真的那么重要，不是因为她喂养、爱护、拥抱、甚至是宠溺孩子，而是因为她在那里，以一种有趣、也许怪异而又不谙世事的方式站在罅隙里，站在未知和已知之间。在斯德哥尔摩，我的身边流淌着母亲守护的爱，不知为何，人们感受到我有价值。

给明星编完辫子后，我从未留在片场。我靠着我的运气，有了另一个学习电影拍摄的机会。

母亲很理解，她说："你是我的女儿，不要因为茶是热的就喝，你是属于自己的女人。"

# # #

在音乐的环绕中，我开始思考妈妈当海员的事。她从旧金山出海，途径夏威夷、海地、波拉岛，接着是新西兰。她了解太平洋，但是她对欧洲一无所知。我问她是否要来巴黎和我在一起，然后去伦敦，也许可以从大西洋飞回纽约城，她说她很乐意。带我妈妈去欧洲的想法，以某种方式把我从飞行的恐惧中解脱了出来。

我找到一架航班从斯德哥尔摩直飞巴黎，包含一家中等宾馆的一周住宿。我们可以花几天时间在巴黎，接着去伦敦，然后坐船回纽约。从那儿，母亲继续行程，回加利福尼亚。

我们向斯德哥尔摩的朋友告别，登上飞机。那时，我们俩都抽烟，所以我们坐在吸烟区。舱门关上，飞机起飞。我注意到，没有人说："女士们、先生们，欢迎乘坐本次航班。现在我们关闭飞机舱门。"我想，也许这是瑞典航空公司的做事方式。我们在空中时，屏幕从舱顶垂下来，有信息告知乘客吸烟区和禁烟区的位置，但是没有人说话。

我们在空中飞行了大约10分钟后，两名客舱服务员走到过道来鞠躬。这时，布告板上的通知收回到舱顶，乘务员开始用手语说话。妈妈和我面面相觑，同一时间意识到我们搭上了一班聋哑人的飞机。我们又吃惊又好笑。

当乘务员过来时，妈妈说："不好意思，打扰一下。"

机舱乘务员震惊了："你在说话！"

母亲说："哦，是的，我也能听见。"

乘务员还没有弄明白我妈妈要什么，就急匆匆地走开了，她告诉其他客舱乘务员，我们两个会说话。我猜她是向他们报个警，这样他们就不会太震惊。

妈妈和我点了酒，欢笑、抽烟，度过了美好的时光，彼此享受。当我们抵达巴黎时，我们从飞机上下来，一个穿制服的空乘开始用手语跟其他乘客交流，母亲不懂，我也不懂。我走向乘务员说："下午好，我母亲和我不说这种语言。"

那位女士说："你在说话！"

"是的，我说英语，不过我能说一些瑞典语，我也能听。"

她问："你能听懂我吗？"

我说："是的，当然。"

她说："但是你是怎么搭上这架飞机的？"

"我买了票。"

她说："但是你说瑞典语，你是瑞典人吗？"

我说："不，我们不是瑞典人。我是非裔美国人，我妈妈也是。"他们要求我们排队，然后上了一辆公共汽车，载我们去左岸的宾馆。

我们到那儿时，聋哑人已经非常清楚有两个黑人女士不用手语交流。宾馆的办事人员用法语跟我们对话，幸运的是，我们的法语足够好。他们给了我们房间，让我们傍晚返回喝餐前酒，费用含在我们的机票里了。

我们在巴黎过得不可思议，以至于多逗留了一周。我从相识的一位女士那里租了一间公寓，那里面有一间漂亮的卧室，带着一个阁楼，从下面就能看见。一张单人床摆在面前，显然是妈妈和我睡觉的地方。

妈妈坐在那里笑，她不会说法语。当新房东准备离开时，妈妈低声说："卫生间在哪里？这是一间漂亮的公寓，但是没有卫生间吗？"

于是我问朋友，卫生间在哪里。她走到客厅，弯下腰，拉起一个几乎藏在地毯下的钩子，一大片地板被抬起。我们看见了一把梯子，下面是一间很棒的大厨房和一个漂亮的洗手间。

我母亲说："现在，宝贝，你比我强了。"

第二十七章

妈妈给了我一份叫勇气的礼物,它们既大又小。小勇气被如此精细地编织进我的心灵,我几乎分不清哪里是她止步的地方,哪里是我启程的地方。

在我的记忆中,也有着大大的教训,就像午夜天空中七彩的星星。

我曾遇见爱和光明,也屡屡将爱遗失。我不敢去非洲旅行,不准我儿子去埃及开罗完成高中学业。我和一位南非自由斗士住在一起,我遇见他时,他在联合国为结束南非的种族隔离请愿。

我们双方都试图稳固彼此的关系。有一段时间，我们的努力成功了。当无可奈何花落去时，我带着儿子去了加纳，他回到了南非。

盖伊进入加纳大学求学，妈妈写信给我说："飞往非洲的航班每天从这里出发，如果你需要我，我会来。"她的爱和支持，让我敢于潇洒地生活。

我遇见的男人中有几位，我爱他们，信任他们。当最后一个情人被证实不忠时，我崩溃了。我曾以为我们的关系建立在天堂，有数以千计的小天使在针尖上跳舞。惊愕和气馁冲刷着我的心，我把家搬去了北卡罗莱纳州。

我被维克森林大学授予雷诺兹终身教授一职，任教美国研究。我感谢教务部，欣然接受了聘书。我会教一年书，如果我喜欢，可以教第二年。教学一年后，我发现我错解了自己的使命。

我原以为我是一个可以教书的作家，但我惊讶地发现，我其实是一个会写作的教师。我在北卡罗莱纳州的维克森林大学定居下来，决定余生当一名老师。

我母亲赞赏我的决定，说我会干得很出色。

#

我坐在美发店里，先剪头发，然后再烫。我听到了黑人美发店里的一段典型对话。

"你疯了吗?"坐在酒吧里聊天的一群黑人女人问。

一个女人用抱怨的声音说："我认为和老家伙做爱没有任何不对，只是这个想法让人伤感。"

"老家伙做爱的时候看上去很悲伤? 谁告诉你那个谎话?"

"你怎么啦?"

另一个女人等到喧闹平息，才亲切地问："你的爸爸妈妈在你出生后做爱，你怎么想? 他们停止干那事儿了?"

抱怨者任性地反击："你不必那么恶心。"这引来一阵嘲弄的叫声。

"女孩，你很恶心。"

"抓住要点了。"

然后，房间里最年长的女人说："甜心，厌倦不代表懒惰，每一次再见也不意味着消失。"

我想起我的妈妈，那时她 74 岁。她和我的第四任继父住在加利福尼亚，她称他为她的挚爱。他正从一场轻度的中风中恢复，她电话里的声音清楚地告诉我，她有多么不安："宝贝，宝贝，在打扰你之前，我已经忍了很长时间，到我的极限了。但是事情拖得太久了，实在太久了。"

她让自己的声音变得像之前一样温柔。

"妈妈，怎么啦？"

虽然我现在住在北卡罗莱纳州，但电话、飞机、信用卡让我们感觉能多近就有多近。

"是你爸爸。如果你不跟他谈谈，我会把他的屁股扔了，扔出这间房子。我会把他的屁股放在大街上。"

母亲最后一任丈夫是我的最爱，我们为彼此而生。他从来没有女儿，而我从十来岁开始，便对父亲的关爱、建议和保护没有概念。

"爸爸做了什么，妈妈？他正在做什么？"

"没什么，没什么。就是这样，他没有做那件该死的事。"

"但是，妈妈，他中风了。"

"我知道。他认为，如果他做爱，他会再度中风。医生已经告诉他了，那不是真的。当他说他做爱可能会丢命时，我要疯了，我告诉他没有更好的路可走。"

太有意思了，但我知道有比大笑更好的回应。

"我能做些什么，妈妈？说真的？"

"是的，你可以做点什么。你跟他说，他会听你的。要么你跟他谈，要么我把他放在大街上。我是一个女人，我不是该死的岩石。"

我非常了解那个声音，我知道她触碰到了她的沮丧线，她要准备行动了。

"好的，妈妈，我不知道我要说什么，但是我会跟爸爸谈。"

"那么，你最好快点。"

"妈妈，今天傍晚你 5 点半离家，你走后我会打电话给爸爸。静静心，妈妈，我会尽力的。"

"好的，宝贝，再见。我明天跟你聊。"

她不开心，但至少她平静了下来。一整天，我都在思索我兴许可以说些什么。加利福尼亚时间 6 点，我打电话过去。

"嗨，爸爸，你好吗？"

"嘿，宝贝，你怎么样？"他听到我的声音很高兴。

"很好，爸爸。请让我跟妈妈说话。"

"哦，宝贝，她大概半小时前出门了，去你表哥那里了。"

"好吧，爸爸。我在担心她和她的食欲。她今天没吃东西，是吗？"

"她吃啦，熟蟹饼、卷心菜色拉和芦笋。我们全部吃光了。"

"好吧，她没酒喝，是吗？"

"她和我喝了一杯啤酒，你可以打赌，现在她手上有一杯帝王白牌威士忌。"

"但是，爸爸，一定有什么事不对。我的意思是，她玩音乐、牌和什么东西了吗？"

"一整个白天，我们在你送的音乐设备上播放《取 6》（*Take* 6），我知道她在你表哥那里正在玩多米诺骨牌。"

"好了，爸爸，你好像认为她的食欲很强？"

"哦，是的，宝贝，你妈妈有个好胃口。"

"那是真的，爸爸。"我压低声音，"她所有方面的欲望都很强。爸爸，请原谅我——但是我是唯一一个跟你说的人——她爱的胃口真的也很大，并且，爸爸，请原谅我，但是如果你在那个方面不照顾她，她会饥饿至死，爸爸。"我听见他咳嗽、唾沫飞溅、清嗓子。

"爸爸，请原谅我，但是有人在敲门。我爱你，爸爸。"

一个非常虚弱的声音说："再见，宝贝。"

我的脸在燃烧，我给自己弄了杯酒，我做了我能做的最好的，我希望能管用。

第二天一早，大概加利福尼亚时间 7 点，妈妈的声音告诉了我结果。

"嗨，亲爱的，妈妈的宝贝。你是世界上最甜蜜的姑娘，妈妈只喜欢你。"她浅吟低唱，我笑她那么开心。

父母告诉他们的孩子，性只是一种生殖繁衍的行为，这是对每个人严重的伤害。带着万分的悲痛，我必须说，我妈妈在那件事发生四年后过世，但她仍然是我的偶像。现在我60多岁了，我打算继续像她那样活到70多岁，甚至更长，如果够幸运的话。

# # #

母亲把她能给的一切都给了她的孩子。我从来没有像贝利那样感到孤独。在我的生命里，贝利永远是最珍贵的人，我拥有他。但贝利不一样，当我们被送走时，他5岁，他幼年的时光曾经被音乐声、欢笑声和母亲亲吻的吧嗒声填满。他想念她和与她有关的一切记忆。

车轮的呼啸声和喇叭的哔哔声，警报室外尖锐刺耳的声音连同呼叫声、大喊声，都在他的听觉记忆里。斯坦普斯空旷的马路和几乎没有家具的安静房间，自然无法满足他。他没法让阿肯色匹配他灵魂的凄楚。跟母亲回到加利福尼亚远远不够，当他注视她时，他那一瞥是复杂的，崇拜中夹杂着失望。她在这里，现在他可以见到她，但是当他绝望地需要她时，她不在那里。

18岁时，他开始浅尝海洛因，对我的关心置之不理。"我会处理。"他说。他认为他的高智商会保护他以防上瘾。他错了，他离开了商船队和旧金山，开始居住在毒品泛滥的区域。

一个可怕的预感降临，我觉得有人会通知我他的死讯。这种可能性让我迈不动步，我开始蹒跚甚至结巴。

我在东奥克兰的射击房找到他。我跟踪一条可疑的路线，一直来到一间窗户破损的老房子前。前门被两个穿着脏衣服、骨瘦如柴、冷酷无情的男人把守着。其中一个问："你想干吗？"

我说："我来看我的哥哥。"我的声音里既没有恐惧，也没有犹豫。

靠近门的那个男人问："你是条子吗？"意思是

警察。

　　我说："不。"我提高嗓门："我是贝利·约翰逊的妹妹，我来这里是为了找他。"那个男人听出了我的坚决，就像安排好的，随后他从门口走开。我走入恶臭和幽暗中，立刻意识到，我从来没有到过这样的地方。当我的眼睛开始适应昏暗时，我看见贝利坐在一张沙发床上，背靠着墙。我坐到他身边。

　　"贝利，我来这儿带你回去。我们走。"我说。

　　他坐高了一点："亲爱的，这不是你的角色，我是哥哥，你不要来带我。"

　　我说："必须有人这么做，如果不是我，那么是谁？"

　　"没有人，这是我的人生。我要你回家。"

　　"我不想你留在这里，下一步你就要进监狱了，谁想蹲大牢？"

　　"你的母亲说，监狱是为人造的，不是为马造的。监狱吓不着我。"

　　我看着自己在这场对话中败下阵来，倘若事实上，我不是早就落败的话。我在我的声音里放入了更多的急迫："贝利，我不想你留在这里，任何事情都有可能发生。"

他说："有可能。你起来，回家到你儿子身边去。我没有做太多坏事，我是一堵围墙，只把赃物卖给那些想要便宜货的人，我没有伤害任何人，除了我自己。起来，现在就走。我不想让这里的人把你看得太清楚。"

我开始哭。

他说："看在上帝的份上，不要哼哼唧唧。你不能改变我，但是可以改变你自己。走，回家。"他站起来，"现在"。

我跟上他。

"我带你去你的车。我们走。"

像平常一样，我遵守指令。在外面的台阶上，他对两个门卫讲话。贝利说："这是我的妹妹，她不会回来了。"

男人们嘟囔着，他们的行为告诉我，贝利是主管。

在车子边上，他说："别担心我，你妈妈明白，这是我的人生，我会过这样的日子，因为我看着适合这样的生活。"

后来，当我跟母亲谈到贝利时，她说："贝利有他自己的人生。他从未原谅我把你们俩送去阿肯色。我很难过，他不能让这些不快过去，但是我已经尽我所能，我无法消除历史。"

贝利遇到一个看上去像母亲的女孩，她很漂亮，更重要的是，她性格爽快，说话大声，常常大笑。他和尤妮斯的婚姻拯救了他的人生，他们搬去夏威夷，他过上了整洁和正常的生活，看到他时，很难相信他曾经是一个瘾君子。

这对夫妻认真地从事网球工作，把徒步作为消遣。贝利的婚姻被尤妮斯的意外离世突然中断了，我哥哥失去了打网球的理智。他去参加葬礼，穿着他的白色网球衣，提着两个网球拍。他走向敞开的棺材，把一只网球拍放在她的身上。一周后，贝利再度消失，陷入了毒品世界的血盆大口。

#

薇薇安给了我她能给我的一切，她的儿子贝利则让她失望。她认为既然他的父亲没有把握机会去教育、引导他的男子气概，那么她来做。她不认为作为一个女人，她没法成为一个男人，但是作为一个母亲，她没法成为一个父亲。

她把母爱的糖浆慷慨地给予他，她告诉他，虽然他名叫约翰逊，但他身体里最重要的基因是从他母亲这边继承来的，他是巴克斯特的一员。

贝利崇拜她，但他没法原谅她把他送走。他不能忘却在阿肯色孤独岁月的记忆，在那里他从来没有家的感觉。我们抵达阿肯色的乡村公路和几乎空无一物的寂静房屋时，他才5岁。

也许他的幼年一直有欢笑声、音乐声和争执声，他从婴儿时期就听着。

祖母的商店，甚至周日教堂的高声歌唱，不能淹没他母亲的声音。

第二十八章

一个电话让我穿越国度来到妈妈的病床边。虽然
她脸色苍白泛青，眼神散乱，但是一看到我就笑了。

她小声说："宝贝，我知道你会来。"

我亲吻她干燥的嘴唇，说："我在这里，一切都
会好的。"虽然我不相信，但我还是说了，因为这是
唯一可说的。

她微笑着，显出相信我的样子。短暂的看望中，
所有的话都是我在说，随后，我去和她的医生讨论，
他们对病情的判断是没有希望。母亲得了肺癌，伴随

肺气肿，他们估计她至多可活三个月。

　　我知道她在北卡罗莱纳会生活得更好，因为我会在她身边，会让她尽可能得舒服。当我问她："你愿意来北卡罗莱纳州，让我照顾你吗？"她精神起来，低声说："愿意。"

　　罗莎·菲伊是我哥哥的第一个孩子，同意和母亲一起去往温斯顿-塞伦。我回到北卡罗莱纳做准备，我有一间宽敞明亮刷着浅粉色涂料的房间，装饰着彩色的花窗帘。这间房间令人愉悦，让人有宾至如归的感觉，我在墙上挂上了画和家庭照片。

　　当轿车把我母亲和罗莎送来时，母亲非常虚弱，她没法走路，甚至没法站立。司机把她抱在胳膊里带进房子。我们拥抱，我把她们让进她的房间。母亲坐在床边，四下打量我，给了我一个灿烂的微笑。她说："宝贝，很美，你为我布置的，对吗？"

　　我说："是的，你是怎么知道的？你闻到涂料味了？"

　　"是的，有一点，但这烦不到我。你涂成粉色，因为你知道我喜欢粉色，我会在这里好起来的。"

她说。

她的想法不是虚弱无望，而是坚定有力的。等着她到来的医生进了她的房间，关上门。我们紧张地等待他们的诊断结果。当罗莎把母亲安顿舒适时，医生们和我坐在厨房的桌子边。他们说："我们看了加利福尼亚医生的记录，我们需要在我们的医院给她做一番检查，明天把她带来。"

北卡罗莱纳州的医生中断了化疗，开了放疗的处方。母亲每天精神一点，一个星期后，她叫我去她的房间，让我帮她脱去睡袍。

"你一直很喜欢艺术，现在看看你的母亲。"放射科医生给她的胸部和背部涂上了鲜红色和黄色的颜料。"我让你想起毕加索了吗？"她问。

我很开心和她一起笑，很开心得知虽然她不能痊愈，但她选择变得更好。两个月后，艾迈姆拉医生说，没法解释她的恢复。在她秃秃的脑袋上，像盐和胡椒一样的小碎发开始生长，她胃口好到需要吃大量的食物，甚至自己为自己做饭。在 6 个月内，她体重增加了，力量增强了，开始款待朋友，和我一起去教堂。

母亲稳步的改善，让我受到鼓励，回去做我的工作——全国巡回讲演。母亲问能否派人去请她最亲密的朋友艾瑞厄阿姨来，我说好的。

她问："这不是到时候了吗，你该去做你必须做的工作了？"

我说："是的。"

她说："那么你最好去吧。"

我的两个管家都是身材高大、腰围粗壮的大块头女人。住在这里的诺尔斯（Knowles）小姐 6 英尺 2 英寸高，体重 275 磅。每天来的斯特林（Stering）夫人 5 英尺 10 英寸高，重约 200 磅。母亲对待她们就像她们是小女孩，她们喜欢这样，表现得也像小女孩似的。

艾瑞厄阿姨到了，我真应该早点派人去接她。她和我妈妈朗声大笑、呵呵傻乐，让住在我家的感觉很棒。恐惧和忧虑消失了，而之前它们充斥着房间。母亲惬意而快乐，每次我打包出行，都注意到空气中有一种假日情绪。而我的母亲会握住我的手，亲吻我的脸颊。

"哦，宝贝，妈妈会想你的。你过得开心点，早点回来。妈妈需要你。"她会这么说。

送我去机场的车子还没有开出车道，我妈妈就会打电话给我办公室和家里的所有员工，通知他们，她和艾瑞厄阿姨要带他们去当地一家海鲜餐馆吃午餐。她说，她已经为自己和艾瑞厄阿姨预定了一辆加长豪华轿车："准备好，我们一起去，一起吃。"

第二十九章

一封让我大吃一惊的邀请函飞来，英国埃克塞特大学邀请我作为荣誉访问教授，去他们的神圣大厅教三个星期的课。这个邀请让我激动万分，我向教务长致谢，但说不行，我不能离开北卡罗莱纳，因为我妈妈病得很严重。

薇薇安·巴克斯特听说我拒绝了邀请，把我叫去了她房间。"去，"她低声说，"去，让他们看看你拼读你的名字——女一人。你回来的时候，我会在这里。"

我离开了北卡罗莱纳，开始在埃克塞特校园做讲座，每天打电话去核查妈妈的康复情况。

盖伊打电话来："妈妈，外婆和艾瑞厄阿姨不开心了。"

"为什么不开心？"

盖伊说："艾瑞厄阿姨想把外婆床边拦起来，但她不同意，她要坐在床边消磨时间。"

我打电话给妈妈："妈妈？"

她耳语般："是的，宝贝。"

"你想让我把艾瑞厄阿姨送回加利福尼亚吗？"

她差点大叫："是的。"

我告诉她，第二天我会把她送回去。

她哼唱着表达谢意。

我叫秘书开了一张大额支票，第二天一点钟给艾瑞厄阿姨送去。

下午 12 点 15 分，我给阿姨打电话："阿姨，谢谢你来照顾我的母亲，我很感谢。"

她说："她是我的姐姐，这是我应该做的。"

"现在，阿姨，你回家的时间到了。她需要按她自己的方式生活，有人告诉我，你不想让她坐在她的床边。"

"是啊。"她说，"她病了，可能会从床上摔下来。"

我说："阿姨，她被肺癌折磨得奄奄一息了，所以如果她想坐在床边又怎样。我会给你一些酬劳，感谢你来照顾她。"

"你不能因为我照顾姐姐付我钱。"

在那一刻，我的秘书进了房间，把支票放在艾瑞厄阿姨的面前。她看了看，口气柔和了下来："哦，玛雅，宝贝，谢谢你。我爱你，我爱你的妈妈。我会回加利福尼亚，为我的姐姐祷告。"

两天后，我决定离开埃克塞特。在北卡罗莱纳州格林斯伯勒机场，我被接去我妈妈的病房。

薇薇安·巴克斯特昏迷中，我还是跟她说话。她的手在我的手心里，一动不动。

第二天，我雇了三位女士轮班坐在她身边，每人八小时。

"你们不需要料理她，这儿的护士会做，我只希望你们握着她的手。如果你们不得不去上厕所，就让其他人握着她的手，直到你们回来。只要她活着，我就希望她能跟人接触。"

回来后的第三天我去看望她。我握着她的手，说："有人告诉我，有一些人需要获得准许才能离开。我不知道你是否在等待，但是我可以说，你或许已经做了来到这里该做的一切。"

"你曾是一名坚强的工人——白种、黑种、亚洲和拉丁美洲的女人，因为你得以从旧金山的港口乘船出海。你曾是一名轮船装配工、护士、房地产经纪人和理发师。如果我的记忆准确无误的话，许多男人和一些女人，冒着他们生命的危险来爱你。你是小小孩的糟糕妈妈，但作为一个年轻成年人的母亲，没有人比你更伟大。"

她捏了我的手，两下。

我亲吻她的手指，把它们交给坐在她床边的女士。回家。

黎明时分，我醒来了，穿着睡衣快速冲下楼。我开车到医院，停了两次才把车停好。我没有等电梯，跑上楼来到她的楼层。

护士说："她刚走。"

我看着妈妈没有生命气息的身体，回想起她的激情和智慧，知道她值得拥有一个爱她的女儿和一段美好的回忆。是的，她拥有。

像她的女儿一样，"B 女士"是一位优秀的故事讲述者，她也是斯托克顿黑人女性人权组织的创始人和主席，这个组织为黑人高中生提供奖学金，她还是共济会的积极会员，关注女性政治运动的前女主席，联合道路、圣·乔昆乡村盲人中心、斯托克顿妇女中心的理事会成员，双子星公司的董事。

　　斯托克顿城骄傲而欣喜地用"B 女士"（薇薇安·巴克斯特）来命名今天的公园，以此来纪念她，一个为任何需要帮助的人贡献一生的人。

　　　　　　　　　　公园命名于 1995 年 3 月 4 日

图书在版编目（CIP）数据

妈妈和我和妈妈/（美）玛雅·安吉洛著；陈瑜译. —2
版. —上海：上海三联书店，2020.5（2024.10 重印）
（女性三部曲）
ISBN 978－7－5426－7000－7

Ⅰ．①妈…　Ⅱ．①玛…②陈…　Ⅲ．①回忆录－美国－现
代　Ⅳ．①I712.55

中国版本图书馆 CIP 数据核字（2020）第 051107 号

妈妈和我和妈妈

著　　者/［美］玛雅·安吉洛
译　　者/陈　瑜
责任编辑/李巧媚
装帧设计/ONE→ONE Studio
监　　制/姚　军
责任校对/张大伟　王凌霄
出版发行/上海三联书店
　　　　　（200041）中国上海市静安区威海路 755 号 30 楼
邮　　箱/sdxsanlian@sina.com
联系电话/编辑部：021－22895517
　　　　　发行部：021－22895559
印　　刷/上海展强印刷有限公司
版　　次/2020 年 5 月第 2 版
印　　次/2024 年 10 月第 2 次印刷
开　　本/787mm×1092mm　1/32
字　　数/92 千字
印　　张/7.25
书　　号/ISBN 978－7－5426－7000－7/I·1619
定　　价/42.00 元

敬启读者，如发现本书有印装质量问题，请与印刷厂联系 021－66366565